SEBASTIÀ SORRIBAS

LA CINQUENA GRÀCIA DE COLLPELAT

PREMI DE LITERATURA INFANTIL
GENERALITAT DE CATALUNYA, 1984
PREMI CRÍTICA «SERRA D'OR», 1984

IL·LUSTRACIONS
PILARÍN BAYÉS

LA GALERA, S. A. EDITORIAL
BARCELONA

Primera edició: setembre de 1983
Segona edició: setembre de 1984
Tercera edició: abril de 1985
Quarta edició: desembre de 1985
Cinquena edició: març de 1988
Sisena edició: febrer de 1989

Disseny de la coberta: Rosa Orive
Dipòsit legal: B. 8.439 - 1989
Printed in Spain
ISBN: 84-246-7226-7

La Galera, S. A. Editorial
Ronda del Guinardó 38 - 08025 Barcelona
Imprès a Romanyà/Valls, S. A.
Verdaguer, 1 - 08786 Capellades (Barcelona)

Una vegada hi havia un mestre que tenia trenta-cinc alumnes... Aquest llibre va dedicat a aquests nois i noies. Per ordre alfabètic:

la Glòria
la Mireia
en Ricard
en Manel
la Judit
en Rubèn
l'Albert
en Salvador
la Mònica
l'Oriol
la Maite
l'Àlex
en Joaquim
l'Elvira
un altre Albert
en David
en Lluís
en Roger
la Francesca
en Xavier
encara un altre Albert
en Jordi
en Carles
un altre Jordi
l'Alba
la Sònia
l'Alícia
l'Esteve
una altra Judit
en Sergi
en Francesc
l'Anna
l'Eduard
una altra Mireia
l'Anton

També, naturalment, als meus fills, Daniel, Marta i Claudi.
Finalment, a Sallent, el meu poble, amb enyorança.

1
COLLPELAT

Collpelat és un poble que es troba a les ribes del Llobregat, al nord de Manresa, pujant amunt a mà dreta. La major part del poble és a la riba esquerra del riu; és a dir, a l'esquerra, tot baixant cap a Manresa. A la dreta del riu, hi ha l'Estació, una colla de cases a banda i banda d'un tros de la carretera i un petit barri que s'enfila muntanya amunt: el barri del Cogulló.

És un poble ni massa gran ni massa petit: és mitjanet. Deu tenir uns tres mil habitants mal comptats, anomenats collpelatencs, els homes i els nens, i collpelatenques, les dones i les nenes. La gent dels pobles veïns, però, els anomenen, per ganes de fer la guitza, collpelats i collpelades.

Per passar d'una banda a l'altra del riu, els collpelatencs i les collpelatenques tenen un pont de pedra i dues palanques de fusta. El pont diuen que és molt antic, però el riu se l'ha endut moltes vegades, tantes que ja no deu quedar cap pedra de quan el van fer per primera vegada. A les palanques, en canvi, encara que són fetes de pasta de full, com si diguéssim, el Llobregat mai no se les ha endutes... I és que els rius són ben especials!

Collpelat és un poble que, a primera vista, no té res de l'altre món. Té una església, un parell d'escoles, moltes botigues, algunes fàbriques, dues places grans, mitja dotzena de petites, carrers llargs, carrers curts, carrers ni llargs ni

COLLPELAT
C.E.C
FILIS

CINA MUNICIPAL
BIBLIOTECA
BAR
CINEMA

curts, carrers planers, carrers costeruts; un monument a un bisbe nascut al poble el segle passat, un castell dels temps dels moros que està, pobret, fet una desgràcia... En fi, Collpelat té tot allò que acostumen a tenir un bon munt de pobles de les nostres contrades.

Els collpelatencs i les collpelatenques tampoc no tenen res d'especial; almenys a primera vista! Hi ha gent que treballa a les fàbriques —molta—, gent que treballa la terra —poca—, botiguers i botigueres, dependents i dependentes —sobretot, dependentes—, mitja dotzena de fabricants, algun que altre desvagat, un poeta vell —que sempre guanya els Jocs Florals— i un de jove —que no els guanya mai—, un músic que fa sardanes i que dirigeix el cor del poble a l'època de les Caramelles... Uns són de l'Espanyol —pocs—, els altres del Barça —molts—; hi ha nois i noies que ballen a l'esbart, gent gran que fa comèdia...

En fi, Collpelat no té res d'especial, a primera vista; però només a primera vista. A segona o a tercera vista, es podria veure que Collpelat té algunes gràcies que no acostumen a tenir altres pobles.

2
LA PRIMERA GRÀCIA DE COLLPELAT: ELS JARDINS DE LA BIBLIOTECA

Els Jardins de la Biblioteca són la primera gràcia de Collpelat. S'hauria d'anar fins a Manresa per trobar uns jardins com els de Collpelat... I encara hi hauria molt a discutir!

Els jardins envolten el petit edifici de la Biblioteca, i són fets d'una mena de manera que semblen un laberint. Hi ha algunes placetes molt bufones amb un brollador al mig i una pèrgola que és una veritable preciositat. La Pèrgola té tot de columnes quadrades per on s'enfilen els rosers i té una vista magnífica sobre els Horts Avall, la zona agrícola del poble, al costat del riu.

Els collpelatencs i les collpelatenques fan grans passejades pels Jardins de la Biblioteca, sobretot els diumenges, en grup, per parelles o bé sols, si estan ennuvolats.

Val a dir que els habitants del poble, tant grans com xics, tenen un gran respecte per les flors dels jardins, i mai no n'agafen, tot i que no hi ha vigilant... L'únic que no respecta les flors és el ruc del senyor Salvi (no volem dir que el senyor Salvi sigui ruc, és clar: ens referim al ruc que té el senyor Salvi, un granger d'aquells entorns). El ruc del senyor Salvi sovint s'escapa de casa seva i es fa un bon tip de flors. Les que li agraden més són les tulipes, sobretot les grogues. El senyor Salvi no guanya per a multes...

Davant mateix de la Pèrgola, hi ha una gran plaça amb

un brollador al mig, que la gent del poble anomena Brollador dels Quintos. Aquest nom es deu a un costum que data de molts anys. Quan arriba el temps per a alguns dels joves collpelatencs d'anar a fer el soldat, es forma una comissió dels que ja han passat la «mili», que són els que organitzen la Festa dels Quintos. Un plat fort d'aquesta festa és la «Remullada del Quinto»... Els de la comissió es reuneixen i, per sorts, escullen un dels xicots que han de marxar a servir. Llavors, tota la colla va per carrers i places pregonant el nom de l'«afortunat». El dia de la festa —un diumenge— al matí, una gran gentada es reuneix a la pèrgola i a la plaça del brollador. El quinto triat, aleshores, s'ha d'amagar entre els arbres del jardí i els de la comissió de festes van a la seva recerca. Quan l'han caçat, el porten enlaire entre cinc o sis i en arribar al brollador, xaf!, a dintre. La cosa té més gràcia si el quinto remullat té promesa, perquè, en aquest cas, després la hi llancen a ella.

Això es fa cada any, perquè els collpelatencs estimen les seves tradicions i creuen que s'han de conservar.

3
LA SEGONA GRÀCIA DE COLLPELAT: LA PISCINA

Una altra gràcia de Collpelat és la piscina. Va començar essent una bassa on, cap allà els anys vint, es remullaven els nens i els gossos. En temps de la República la van enrajolar i la van envoltar d'una paret feta de maons —amb una porta, és clar!—. Aleshores, a la bassa, ja s'hi remullaven molts joves i van prohibir que s'hi remullessin els gossos.

El 1934, es fundà el Club de Natació Collpelat, i es va donar a la bassa unes mides reglamentàries: 33,33 metres de llargada... Bé, no exactament: En realitat, els del club de la remulladamenta, que eren uns vius, van posar-se d'acord amb el mestre d'obres per tal que els «carrers» dels extrems amidessin ben bé mig metre menys de llargada... Als nedadors dels clubs contraris sempre els ha estranyat que els nedadors locals volguessin nedar en aquests «carrers».

Quan la piscina, de mides més o menys reglamentàries, es va inaugurar, li van posar el nom de «Piscina Francesc Macià». Després de la guerra, va ser rebatejada amb el nom de «José Antonio». Cap a finals dels anys seixanta, el batlle d'aquell temps va cobrar als collpelatencs un impost extraordinari per tal de dotar la piscina de vestidors, un trampolí no gaire alt i una mica de grada... Llavors, la piscina va ser re-rebatejada amb el nom del batlle: «Piscina Eudaldo Rius y Rius»... Finalment, en venir la democràcia, el Rius i

Rius va perdre les eleccions, i el nou Ajuntament va re-re-rebatejar la piscina amb el nom de «Pau Casals».

De tota manera, de la piscina, la gent del poble sempre n'ha dit «la bassa»...

4
LA TERCERA GRÀCIA DE COLLPELAT: L'EQUIP DE FUTBOL

La tercera gràcia de Collpelat és la C. E. Collpelatenca, l'equip de futbol del poble, que és el terror del grup tretzè de la Segona Categoria Comarcal.

Els forasters sovint es pregunten com és que l'equip es diu Collpelatenca i no Collpelatenc, pensant-se que això de C. E. vol dir Club Esportiu, o Centre d'Esports. El cas és que C. E. no vol dir ni una cosa ni l'altra, sinó Companyia d'Estampats. I és que, fa uns anys, l'únic equip de futbol del poble era el de la principal fàbrica de Collpelat, la Companyia d'Estampats Collpelatenca, el propietari de la qual és el senyor Espona, més conegut per «senyor Cretona», per això dels estampats...

El senyor Espona va fundar l'equip perquè hi juguessin els seus quatre fills i dos nebots, que eren uns inútils, sobretot el fill gran, que feia de porter.

Als afores del poble, el fabricant va comprar uns terrenys, en un lloc que en deien la Costeta, i allí va fer un camp de futbol de mides, com la piscina, més o menys reglamentàries, i la C. E. Collpelatenca va començar la seva vida esportiva.

L'equip, en aquell temps, sempre perdia per molts gols a zero. Alguna vegada, un jugador de l'equip contrari marcava un gol a la seva pròpia porteria. En aquestes ocasions, el senyor Espona oferia un vermut al personal de la fàbrica per celebrar l'esdeveniment...

Va venir un temps, però, que la cosa canvià radicalment, a causa d'una colla de circumstàncies. En primer lloc, el noi gran del senyor Espona es va casar i la seva dona el va obligar a deixar la bimba; el porter reserva, l'Ibàñez, resultà un porter que ho parava gairebé tot... En segon lloc, en Juliet, el petit dels fills del fabricant, que com a defensa dret era una pepa, un dia el van posar d'extrem esquerre —era esquerrà— i a partir de llavors l'equip començà a marcar gols. En tercer lloc, va entrar a treballar a la fàbrica un xicot de disset anys, com a ajudant del seu pare, que era l'electricista de l'empresa. En Cintet, com a electricista, no era gran cosa: cada dos per tres fonia els ploms de la fàbrica... Però com a davanter centre de la C. E. Collpelatenca era una cosa molt seriosa: les passades d'en Juliet les enxampava en Cintet de cullera, i llavors fumia unes faves a la bimba que el porter contrari ni la veia...

Però allò que va resultar decisiu per al futur de la C. E. Collpelatenca va ser el batibull que es va organitzar amb l'entrada a l'equip d'en Batista, el noi gran de cal Teia, el propietari del cafè on anaven a passar l'estona els futbolers del poble. Els collpelatencs mai no havien vist res de semblant! El noi de cal Teia agafava la bimba amb el cap, se la passava a un genoll, li feia dar un lleuger bot, la deixava caure sobre el peu dret i llavors, zas!, l'enviava a la mateixa cabòcia d'en Cintet. I aquest, és clar, aprofitava la ganga i un nou gol pujava a la casella del marcador de la C. E. Collpelatenca.

Els futbolers del poble estaven entusiasmats amb el Teia. Però el senyor Espona, no. El fabricant trobava que el noi, sí, la tocava bé, la bimba, però li mancava sang, empenta... La realitat, però, era que el noi Teia havia arraconat el fill segon del senyor Espona i aquest, això, no li ho perdonava. L'amo de l'equip no va parar fins que l'entrenador, el Viseres, va treure el Teia de l'equip. El Viseres era un home

baixet i rabassut que, de futbol, no hi entenia gaire, però que tenia bona voluntat... I davant l'amo, el pobre home, comptava poc.

Quin batibull s'organitzà, aleshores! Per començar, els parroquians de cal Teia van deixar de dirigir la paraula al pobre Viseres... I quan la hi dirigien, era per dir-li coses

gruixudes. Després, a cal Teia, cada dia s'organitzaven uns mítings que Déu n'hi do... I per acabar, els «pro-Teia» van prendre una greu decisió: tots ells es van penjar una teia a l'americana o a la camisa, amb el pare Teia davant, i es van dirigir en manifestació cap a la Casa de la Vila, amb una gran pancarta on es podia llegir:

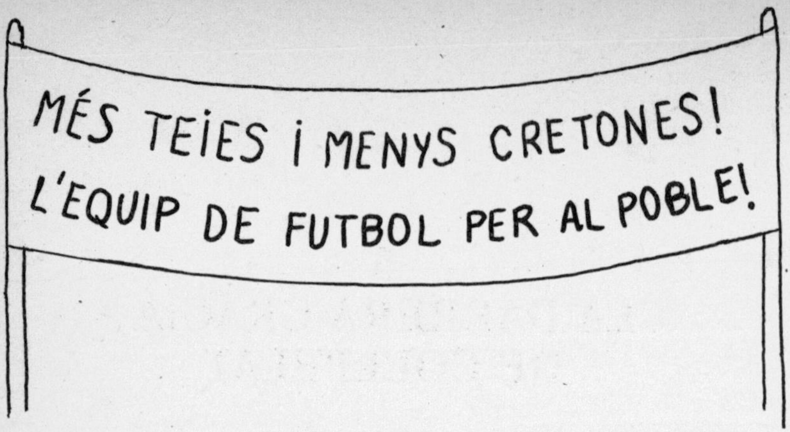

Davant d'aquell desori, el senyor Mir, el batlle, decidí entrar en negociacions amb el senyor Espona.

Després de llargues reunions a la Casa de la Vila, seguides amb ànsia per molta gent que, davant de l'edifici municipal, seguien les incidències de les discussions —els crits dels reunits se sentien d'una hora lluny!—, es van acordar els següents punts:

1r. L'Ajuntament compraria al senyor Espona el camp de la Costeta.
2n. El nom de l'equip no canviaria.
3r. El senyor Espona seria nomenat president honorari de la nova junta.

I tots contents...

Des d'aquell dia, la C. E. Collpelatenca va començar a rutllar d'allò més bé. Tots els Espones —menys el petit, és clar— van saltar de l'equip; i entre l'Ibàñez, en Juliet, en Cintet, un parell de bessons, els Llofriu, que jugaven de defenses —i que els davanters contraris no sabien mai si n'hi havia dos o tres— i, sobretot, el Teia, van portar la C. E. Collpelatenca al grup tretzè de la Segona Categoria Comarcal, cosa que els futbolers del poble mai no havien gosat de somiar.

5
LA DARRERA GRÀCIA DE COLLPELAT

La darrera gràcia del poble de Collpelat és un nen que es diu Cili.

6
EN CILI

En Cili és un noiet d'onze anys, no massa alt, més aviat primet i ros de mal pèl. És un xicot simpàtic i alegre com unes castanyoles; fins i tot quan està seriós, els seus ulls blaus sembla que li riguin...

En Cili es diu Cecili, com el seu avi matern. Però la Rosó, la seva germana petita, quan era xica, no sabia dir Cecili i l'anomenava Cili, i al noi li va quedar en Cili.

La vida que fa en Cili és calcada de la de qualsevol altre xicot del poble de la seva edat: té una colla, va a l'escola, estudia una mica, s'enfada sovint amb la seva germana gran, fa enfadar la seva germana petita, para taula, va a comprar el pa i la beguda, a vegades està ennuvolat, juga molt, els diumenges a la tarda sovint va al cinema... Fa dues coses, però, que no acostumen a fer els xicots de la seva edat: sap fer música amb ampolles i fa unes postres genials.

Això de les ampolles musicals li ve d'una pel·lícula que va veure, on un senyor tocava la música aquella dels casaments amb ampolles de diferents grandàries... En Cili té molt bona oïda, i amb una dotzena d'ampolles ja sap tocar *Els Segadors* i *Endavant, com més gols millor!*, que és l'himne de la C. E. Collpelatenca.

Quant a les postres, la cosa va començar el darrer sant de la Rita, la seva germana gran. Una de les àvies regalà a la noia el llibre *Per llepar-se'n els dits. Cent postres de la nostra terra.* La Rita no hi tenia gaire tirada, en això de la cuina. Per quedar bé, un dia va fer croquetes de santa Teresa i després va desar el llibre.

Però en Cili passava l'època aquella de fer experiments, i es va disposar a fer les cent postres del llibre i a inventar-ne de noves. De seguida, la seva crema feia honor al títol del llibre. I, després de la crema, seguiren els braços de gitano, les lioneses... La seva mare estava tota cofoia de la traça del seu fill a fer postres, encara que sovint es trobava que s'havia quedat sense ous o sense sucre.

L'especialitat d'en Cili és la xocolata nevada, unes postres que ell mateix havia inventat, fetes de xocolata desfeta, un rajolinet de calisai, cireres confitades fetes a trossets i, per sobre, una capa de coco ratllat. Una vegada preparada la xocolata nevada, el noi la posa a la nevera i en resulta una mena de pastís gelat.

Val a dir que aquesta creació del noi no tenia gaire èxit i que els únics que hi feien honor eren el mateix Cili i la seva germana Rosó, que s'empassava el que fos.

A l'escola, en Cili és un alumne més aviat correntet. Suspèn alguna cosa de tant en tant, treu algun excel·lent encara més de tant en tant. El que li agrada més de l'escola és la classe de música, la de gimnàstica i l'hora del pati. I on s'ho passa més malament el noi és a la classe de socials. Quan el senyor Morell, que és un plom, comença amb tot allò dels grecs i dels romans, a en Cili li agafa badallera i els ulls se li clouen.

Com es pot veure, en Cili és un noi, en gairebé tot, com qualsevol altre. Llavors, per què és una de les gràcies de Collpelat, eh? Doncs, molt senzill, perquè en Cili té la má trencada a resoldre els problemes de més difícil solució: que el ventilador de casa s'espatlla, que els de la colla no poden entrar al cinema perquè estan escurats, que al Cuca, el gos de la colla, està tot tristoi i n'hi deu passar alguna... el

que sigui, en Cili comença a rumiar i, més aviat o més tard, sorgeix la solució genial!

El que passa és que la manera d'en Cili de resoldre els problemes no és mai senzilla. És més aviat complicada! El xicot no hi creu, en allò que va dir un savi que «la distància més curta entre dos punts és la línia recta». Entre el problema i la solució, segons en Cili, mai no hi ha una línia recta, sinó més aviat una línia amb moltes giragonses.

No sempre l'encerta, en Cili, és clar. A vegades fa uns pitafis de ca l'ample! A casa seva, per posar un exemple, han hagut de comprar tres ventiladors en poc temps. I als de la colla, per posar un altre exemple, un diumenge els van portar a la seu de la Guàrdia Municipal perquè la solució d'en Cili al problema d'entrar al cinema de franc no va funcionar.

Per això no és estrany que, quan un dia, a taula, la Rita deia que estava amoïnada, perquè en Ricard, el noi que la rondava, no s'acabava de decidir i el seu germà li va proposar de fer-se càrrec de l'afer, el noi va haver de fugir cames ajudeu-me perseguit per la Rita, que brandava una escombra.

Però aquestes són coses que solen passar. Fins i tot el més savi dels savis fa una relliscada o altra.

El fet, però, és que les solucions d'en Cili, encara que un xic complicades, molt sovint són oli en un llum.

Aquesta és la raó perquè en Cili és una de les gràcies del poble de Collpelat.

7
LA FAMÍLIA D'EN CILI

En Cili viu en un dels carrers llargs del poble, el de Santa Llúcia, més o menys a mig carrer, i prop de la plaça de la Pau, que és una de les places grans de Collpelat.

La família d'en Cili viu en una planta baixa. L'entrada de la casa és l'obrador del pare, que és manyà. Travessat l'obrador, per una vidriera s'entra al menjador; després del menjador hi ha la cuina, les cambres i, a la part del darrere de la casa, hi ha una galeria coberta amb unes escales que donen a una mica d'hort.

El senyor Jeroni, el pare, és un home de bona estatura, esprimatxat, força calb. És un home més aviat seriós, de posat tranquil, curt de paraula. Fa de manyà, com hem dit, i, entre l'obrador i les feines que fa per les cases, l'home es guanya la vida decentment, com se sol dir.

La mare d'en Cili es diu Maria Rosa: és la Maria Rosa de cal Crostonet. Fa molts anys, la seva família eren forners i la gent —seguint un vell costum, de vegades una mica pocasolta— els anomenaven els de cal Crostonet. Ara, els pares de la Maria Rosa són carnissers, però continuen essent els de cal Crostonet. La Maria Rosa és una dona més aviat grassa, de bona planta, galtavermella, rossa de mal pèl, com el seu fill, riallera... Cada matí —llevat dels dilluns— i el dissabte tot el dia, la dona fa de carnissera a ca la seva mare per contribuir al pressupost familiar.

La Rita, la germana gran d'en Cili, és alta i prima com el seu pare. És una noia tranquil·la i de bon caràcter... menys quan s'enfada! Té dinou anys i estudiava per a mestra a Sant Cugat; però va penjar els estudis i ara fa de perruquera a ca la Paquita, és a dir, a la «Perruqueria de Senyores Marilyn: Permanents i Pentinats a l'última Moda». Del que guanya, la Rita en dóna la meitat a sa mare i l'altra meitat s'ho guarda per comprar roba i altres coses, i per fer regals a la família i a les amigues. I també —val a dir-ho— quan està de bon humor contribueix a les moltes despeses del seu germà, que sempre va curt de butxaca.

La germana petita d'en Cili es diu Rosó i és clavada a sa mare. És rodoneta com un cigró i sempre està contenta. És molt espavilada i la seva mestra diu d'ella que, si vol, pot arribar molt lluny en els estudis. La nena sí que vol arribar lluny, perquè diu que, quan serà gran, serà motorista, dels que fan curses. De moment s'ha de conformar amb una bicicleta.

A casa d'en Cili també hi viu una àvia, l'àvia Remei, que és la mare del senyor Jeroni. La senyora Remei és una velleta amb els cabells blancs —el senyor Jeroni és el seu fill petit— que tot el dia trisca. De caràcter, s'assembla més a la seva jove que al seu fill. És molt de la broma i, quan el seu nét explica algun acudit poca-solta, riu com una boja. La seva gran afecció és escoltar tangos. Amb els seus estalvis, s'ha comprat mitja dotzena de cintes de cassette d'un cantant que era molt famós quan ella era jove i uns auriculars. Quan té la feina feta, la dona s'asseu en una cadira baixa de boga, engega la cassette, i va seguint amb el cos el ritme lànguid d'un tango.

Els avis materns d'en Cili són l'àvia Brígida i l'avi Cecili, els carnissers. Bé, ara, només ho és ella, de carnissera; el senyor Cecili, d'ençà de la vinguda de la democràcia, fa política i és regidor de l'Ajuntament. La senyora Brígida és una

dona grassa, més aviat baixeta, cridanera, una mica malparlada, simpàtica, riallera, que no s'enfada mai. La seva gran passió és el cinema i les pel·lícules que més li agraden són les «de fer tronar i ploure», que diu ella, aquelles on surt

molta gent i hi ha molt de soroll. Sovint és la providència d'en Cili i els seus amics: algun diumenge a la tarda, en arribar al cinema Modern —que és del 1928—, veu els de la colla del seu nét al costat de l'entrada del local, reunits a l'entorn d'en Cili, escoltant el seu pla per entrar al cinema de franc, va cap a ells i els diu cridant: «Vinga, nois, tots al galliner!» I els paga l'entrada.

L'avi Cecili és molt diferent de la seva dona. És alt, sec i més seriós que un rave. La cosa que li agrada més en aquest món, al senyor Cecili, és fer discursos. L'home va cada tarda al cafè Esport on, malgrat el seu nom, no es parla mai de futbol, que això és cosa dels clients de cal Teia. Al cafè Esport, s'hi juguen bones partides de manilla i s'hi discuteix de política, discussions que sovint acaben amb un abrandat discurs del senyor Cecili, defensant el seu partit, l'Esquerra Republicana de Catalunya.

Els pares d'en Cili viuen com Josep i Maria. S'estimen molt i poques vegades discuteixen; quan ho fan, és per la política: el senyor Jeroni vota els socialistes i la senyora Maria Rosa, Convergència. Aquestes discussions sempre acaben igual: la Maria Rosa diu, per exemple: «El que els teus voldrien és que tots anéssim en ramat, com les ovelles, que ja me'ls conec, aquests!» Llavors en Jeroni, tot ofès, va al seu hort a fer de pagès, que és una cosa que li calma els nervis.

Els avis materns d'en Cili també viuen com Josep i Maria. I també s'estimen molt i poques vegades discuteixen; quan ho fan és per la política. Resulta que l'àvia Brígida vota el PSUC, cosa que al seu marit el posa malalt. «Però, ¿que no veus, desgraciada, que si aquests dropos mai arriben a manar et prendran la botiga?» La senyora Brígida, però, no es deixa convèncer. Ella diu que a les festes del PSUC hi ha molt soroll i xerinola, i que les que fa l'ERC, en canvi, semblen enterraments de tercera... Davant d'aquests arguments, el senyor Cecili, tot ofès, se'n va al cafè Esport, a fer la manilla, que és una cosa que li calma els nervis...

8
LA COLLA D'EN CILI

En Cili és amic de la quasi totalitat dels habitants del poble, perquè és un noi de caràcter obert, alegre i festós, que no es fa estrany a ningú. Però, com tothom sap, per jugar o córrer aventures, més val no ser gaire gent. Imagineu-vos que tots els nens i nenes del poble —uns quants centenars!— anessin tots alhora a jugar a fet i amagar als Jardins de la Biblioteca. En primer lloc, no hi cabrien: els jardins són grans, però no tant! I, després, encara que hi cabessin, ja m'explicareu on s'amagaria tanta gent! Per això, en Cili té una colla.

La colla d'en Cili és formada per quatre nois i tres noies. Després hi ha els passavolants, els que tan aviat són a la colla com no hi són. Aquests són dos nois, una noia i un gos.

En Pau és el gran amic d'en Cili. Són veïns i es pot dir que han crescut junts. Són, però, dos xicots ben diferents! En Pau és un noi cepat, força més alt i fort que en Cili, que s'enfada sovint. El que li agrada més en aquest món, a en Pau, és jugar a futbol; i després, veure jugar a futbol. És un dels més fervents fanàtics —i per tant, dels més cridaners— de la C. E. Collpelatenca.

Un altre de la colla és en Toni de cal Teia, el germà petit del fenomen futbolístic de Collpelat. A en Toni, però, el futbol no li agrada gens ni mica, a ell li agraden els esports més reposats, com els escacs, per exemple: davant d'un tauler quadriculat ple d'aquelles petites bitlles, el xicot perd el món de vista i se'l veu seriós com un retrat. En Toni és menut, bru de cara i de cabells, i sempre va net com una patena. Els companys de la colla no saben pas com s'ho fa: quan tornen dels seus jocs, tots van fets un fàstic; tots, menys en Toni, aquest torna a casa tan net i ben clenxinat com n'havia sortit.

Al principi, la colla d'en Cili era formada solament per nois. Deien que les nenes eren totes unes fleumes... La primera noia que trencà les resistències masculines de la colla va ser la Ramoneta, la cosina d'en Toni. La Ramoneta no és del poble, és de Barcelona. Temps enrere, va tenir la desgràcia que se li morís el pare en un absurd accident de treball. Llavors, ella i la seva mare van anar a viure a Collpelat, a casa del germà de la dona, que era l'amo de cal Teia. La Ramoneta, és clar, no coneixia ningú al poble, i es va enganxar al seu cosí i, de retruc, a la colla. La Ramoneta és una noia quietona, poc parladora, que sempre té un somriure als llavis i que tot ho troba bé. I els nois de la colla van creure que, mira, al cap i a la fi, la noia no feia cap nosa.

En aceptar la Ramoneta, els de la colla d'en Cili no sabien que, darrere d'ella, vindria un terratrèmol. El terratrèmol s'anomenava Rocío. La Rocío i la Ramoneta s'assemblen com un ou a una castanya, és a dir, en res. La Ramoneta és rosseta, petitona, calladeta; la Rocío és bruna, alteta, de cabells molt negres i no calla mai. La noia és filla d'uns murcians que s'havien establert al poble feia més de vint anys. Ella era la petita de sis germans, i la veritat és que, entre tots, la duien una mica consentida. Potser d'això li venia que era més tossuda que una mula. La Rocío, a l'escola, jugava a futbol amb els xicots. Deia que els jocs de les nenes la posaven malalta. Sovint feia la papallona al voltant d'en Cili i els de la colla, i aquests no li feien ni cas. Però, quan la noia es va adonar que la Ramoneta s'havia ficat a la colla, va veure el cel obert. Es va fer amiga de la barcelonina i, un bon dia, es presentà tota decidida allà on eren reunits els de la colla, es va asseure a terra com els altres i preguntà: «Què, nois, on anem avui a fer mal?» I ja va ser de la colla.

En Dídac era un noiet andalús, d'un poblet de Jaén, que havia arribat al poble no feia gaire amb la seva família. En Dídac es deia Diego, és clar, pero en entrar a la colla els altres el van començar a anomenar Dídac. Ara el noi ja s'hi havia acostumat, però al principi cada vegada que algú l'anomenava Dídac es feia uns farts de riure que fins i tot s'arrossegava per terra. En Dídac és un noi típic de poble de pagès: sap caçar ocells, pescar, enfilar-se als arbres, llançar pedres amb fona, fer cabanes amb branques, construir flautes amb canyes... No cal dir que, amb totes aquestes virtuts, a en Dídac no li va costar gens d'entrar a la colla. És un noi menut menut, arrissat de cabell, molt bru de pell. A en Dídac hi ha dues coses que l'apassionen. Una és el cinema. Quan surt del cinema Modern de veure'n una de l'Oest, el xicot no para de trotar amunt i avall, tot disparant trets amb l'índex d'una mà, mentre crida: «*Muere, traidor!*» L'altra cosa que l'apassiona, al noi, és contemplar la Ramoneta. Davant la Ramoneta en Dídac s'encanta: la veu tan rosseta i tan blanqueta de cara i amb aquell somriure tan dolç... La nena, de primer, es posava un xic nerviosa de veure's tan contemplada, però ara ja s'hi ha acostumat.

La tercera noia de la colla és la Teresa, una xicota de cos més aviat feixuc i molt alta. Passa ben bé un parell de dits a en Pau, i un pam llarg als menuts de la colla. La Teresa té el cabell roig, els ulls blaus i la cara pigada. És una noia decidida, que s'apunta a tot: canta al cor de l'escola, és de la colla de bastoners del poble, per Nadal fa Els Pastorets —de dimoni gros!—, juga a futbol i fins i tot fa dansa. A dansa hi va amb la Rocío —que balla molt bé— a casa d'una professora francesa de més de setanta anys, la madame Yvonne, que en fa més de quaranta que va aterrar al poble. Un dia, la Rocío va convidar la Teresa a sortir amb els de la colla i s'ho va passar súper. Quan tornaven cap a casa, la Teresa va dir a la Rocío: «Aquests galifardeus em fan el pes! M'hi apunto!» Els de la colla no hi van tenir res a dir. Ja se'ls havien ficat a dins dues nenes, sense que ni se n'adonessin. Ara ja no venia d'aquí...

El darrer membres de la colla és en Cili, és clar...

Els passavolants de la colla són en Pep Tronat, en Casi i la Sussi. El gos és el Cuca.

En Pep Tronat no és que sigui tronat, sinó que té el costum d'usar sovint aquest mot. Si el Cintet fallava un gol da-

vant de porta, el noi deia: «Aquest Cintet, avui, està tronat!»; si una pel·lícula no li agradava: «Quina pel·lícula més tronada!»... En Pep és molt independent i només surt amb la colla quan l'activitat que han decidit de fer no la troba tronada.

La Sussi és cosina segona d'en Pau, i amb aquest i en Cili, de petits, anaven junts a tot arreu. A la noia li agrada sortir amb la colla, però segueix uns estudis que li ocupen molt de temps: aprèn a tocar el violí. La Sussi cada dilluns, dimecres i divendres del món va a Barcelona, a casa d'un professor que ha fet concerts arreu. Entre els estudis normals i el violí, a la Sussi poc temps li resta per anar a jugar amb els amics. Algun diumenge, però, cansada de rascar el violí —o perquè els veïns ja no suporten el nyigo-nyigo de la guitarrona—, la noia es deixa caure per la colla.

En Casi es diu Casimir i no és del poble. En altre temps, hauria estat el «beneit del poble»; ara, en canvi, és en Casi, i prou. L'home té una trentena d'anys i en fa més de la meitat que, un bon dia, aparegué per Collpelat, els collpelatencs el van tractar bé i aquí es va quedar. És una persona més bona que el pa i totalment inofensiva, que és un gran entusiasta —com en Dídac— de les pel·lícules de l'Oest. Sovint es fa passar pel xèrif del poble. En aquestes ocasions, si el voleu fer feliç, pregunteu-li: «Què, xèrif, hi ha indis a la vista?». L'home, llavors, fa un ample somriure, feliç, i respon: «No us preocupeu, senyor Califòrnia, aquí em teniu per defensar-vos!»; o bé, «Prou que n'hi ha! Però són de la tribu dels sioux i són amics de rostre pal·lid!», i amb un dit, s'assenyala ell mateix. En Casi acostuma a sortir amb la colla d'en Cili, sobretot quan aquests van a la muntanya a jugar a indis i vaquers. Dintre de la seva desgràcia, en Casi és un home feliç, perquè a Collpelat tothom se l'estima.

El darrer dels passavolants és el Cuca, un gos ben especial, del qual parlem tot seguit.

9
EL CUCA

El Cuca era fill d'un gos rodamón —d'aquells quc no tenen nom— i de la Mostela, una gosseta molt caçadora. L'amo de la Mostela era el senyor Pasqual, el propietari de cal Mocadorets, la botiga de robes més important del poble i, segons ell, el millor caçador de la comarca.

El senyor Pasqual estava molt orgullós de la seva Mostela i tenia la il·lusió que el Cuca seria tan bon caçador com sa mare. Però, no. Això d'empaitar conills no s'havia fet per al Cuca: corrien massa. A ell li agradava més empaitar gats. A més, el pobre tenia una por terrible als pets de l'escopeta i, és clar, així, un gos no va enlloc com a caçador. El senyor Pasqual, en veure que al primer tret es quedava sol com un mussol perquè el Cuca fugia potes ajudeu-me, ho va deixar córrer.

El Cuca era un gos molt bordador, d'aquells que arriben a fer mal de cap. El seu amo, aprofitant aquesta «gràcia» del seu gos, el va regalar al vell Casteller, un home que tenia una granja als afores del poble, perquè li vigilés la finca.

El granger no trigà gaire a adonar-se que el Cuca bordava molt... a les oques, als conills, als gats. Però, ja podia entrar a la finca gent de casa o forastera, ja. El Cuca es quedava tan fresc, ajagut a l'ombra d'un taronger que hi havia davant la casa.

El vell Casteller va voler donar una darrera oportunitat

al gos abans d'engegar-lo a dida. Va convèncer —pagant— un jove, amic del seu fill, perquè entrés una nit a la granja saltant la tàpia. El granger va assegurar al noi que no havia de témer res, que ell estaria a l'aguait dins de la casa, per cridar al gos quan aquest s'abraonés sobre el xicot... Aquest, però, per si de cas, es va posar tres pantalons de vellut, un sobre l'altre, i una forta jaqueta de cuir... A la nit, el noi, no gens tranquil, va saltar la tàpia de la granja i es va dirigir amb molt de compte cap a la casa, tot esperant l'atac de la fera. Però, el Cuca el va rebre amb grans alegrois, remenant la cua i fent saltirons a l'entorn del nouvingut.

És clar, el Cuca va ser acomiadat.

Fracassat com a gos caçador i com a gos vigilant, el Cuca va ser adoptat per en Pau, que s'entestà a convertir-lo en gos de circ. La darrera festa major havia visitat el poble el Gran Circ Rus, de Vilafranca del Penedès. Allí en Pau havia vist un número de gossos ensinistrats que li va robar el cor. El noi s'ho va fer venir bé per parlar amb el Falleroni, un italià que dirigia els gossets del circ; abans en Pau havia convençut el Tortuga perquè li fes d'intèrpret. El Tortuga era un home que havia corregut mig món i part de l'altre, i que ara feia de vigilant de nit a la C. E. Collpelatenca —a la fàbrica, no a l'equip de futbol! Però a en Pau no li van caldre els serveis del Tortuga per entendre's amb en Falleroni. Resultà que aquest es deia, en realitat, Pep Vidal, i era fill de Llorenç del Penedès...

El fals italià va iniciar en Pau en l'art d'ensinistrar quissos. Era molt fàcil: es feia fer alguna cosa al gos —saltar un cèrcol, per exemple— i, si se'n sortia, se li dava alguna cosa bona de menjar —un ratolí, per exemple. A mesura que l'animal se superava, se li augmentava la ració de ratolins; i així anar fent.

En Pau, una vegada la lliçó ben apresa, es disposà a fer del Cuca un veritable artista de circ. Va comprar un cèrcol

CIRC
RUS

de fusta i un parell de dotzenes de terrossos de sucre —el Cuca era molt llaminer i, a més, a ell, els ratolins li feien fàstic—, i un bon dia es va endur el gos als Jardins de la Biblioteca, cercà un bon lloc i es va disposar, amb aquella bona fe, a ensinistrar el Cuca.

El noi va agafar fortament el cèrcol amb una mà, mentre que amb l'altra ensenyava un terròs de sucre al gos, tot convidant-lo, amb gestos, a saltar per dins del cèrcol. El Cuca se'l mirà tot estranyat, com volent dir: «Què deu voler, aquest sòmines?». De sobte, el gos va fer un salt. Però, en lloc de passar per dintre del cèrcol, va agafar el sucre amb la boca i se'l va cruspir.

Llavors, el noi canvià de tàctica. Va ensenyar ben ensenyat un altre terròs de sucre al gos i després se'l va ficar a la butxaca —el sucre, no el gos!— i tornà a fer gestos per fer entendre al Cuca que havia de saltar per dins del cèrcol. Però, el gosset s'assegué sobre les seves potes del darrere, i es mirà el noi com volent dir: «Vas bé, cirerer!»

En Pau va utilitzar totes les tècniques, fins i tot demanà al gos per favor, de genolls, que passés per dins del cèrcol. Però no hi havia res a fer: el Cuca no saltava.

Quan va haver acabat la paciència —i els terrossos de sucre—, el xicot llançà el cèrcol a terra amb fúria, i se'n va anar a seure en un banc a reflexionar sobre què era el que fallava. I de sobte, es va adonar que el Cuca, el molt barrut, es feia pipí sobre el cèrcol.

Al cap d'uns moments, els vells asseguts als bancs de la plaça dels Arbres, que és a tocar dels jardins, van veure passar, corrent com un esperitat, un gos empaitat per un noi.

Després d'aquesta aventura, el Cuca va poder fer la vida que a ell li agradava: jeure al sol, quan en feia; quan no en feia, jeure al costat de l'estufa de la vella Reveia, una bona dona que vivia sola; sortir amb la gent del poble quan hi havia aplec —i en aquestes ocasions s'atipava de valent—, empaitar gats, fer l'aleta a les gossetes...

En Pau no es cansava de dir, a tothom que el volia escoltar, que el Cuca era un inútil i més ruc que un sabatot. Però això no era pas veritat: el Cuca era més llest que no semblava, i on ho demostrava era al camp de la C. E. Collpelatenca.

El gos no es deixava perdre ni un partit de futbol. Xalava de valent, veient aquella colla de galifardeus disfressats, corrent darrere la pilota. El Cuca havia après a ser un bon afeccionat. Quan la gent aplaudia, començava a fer bots a tort i a dret, tot remenant la cua, i quan la gent bramava, enfadada, ell es posava a bordar com un desesperat. Aviat els del club el van nomenar mascota de l'equip, i com a tal tenia dret a estar-se al costat del banc on hi havia l'entrenador i els jugadors suplents.

De tant anar a futbol, el Cuca va aprendre que aquell senyor que es passejava pel camp vestit de negre a vegades era bo i a vegades dolent. Un dia, l'home disfressat de negre era tan dolent, que fins i tot el Viseres s'alçà del banc i es va dirigir a ell, tot dient-li paraules gruixudes. L'àrbitre, sense pensar-s'ho gota, es va treure un paperet groc de la butxaca i el va ensenyar a l'entrenador. I just en aquell moment, el Cuca va saltar al camp i començà a perseguir l'home de negre.

Durant un mes, al Cuca li va ser prohibida l'entrada al camp de futbol. Per culpa seva, al club li havia caigut una forta multa.

Al Cuca li agradava sortir amb en Cili i la seva colla, però no sempre: era un gos que s'estimava molt la seva llibertat. El que més li agradava, al gos, era anar a la muntanya amb els de la colla. Aquests creien que era bo de portar un gos, per si de cas es presentava un perill inesperat. I el Cuca, amb ells, anava tranquil: estava convençut que aquells eren uns nois valents de debò, i que si sorgís un perill inesperat, estaria ben defensat...

10
EL NOUVINGUT

La història comença un bell dia d'estiu. El cel era clar, no es veia ni un núvol, lluïa un sol esplendorós i feia una calor de ca l'ample.

A la plaça dels Arbres, uns vells, asseguts en un dels bancs de fusta verda, feien petar la xerrada, recordant velles partides de manilla o de canari. Se sentia el fort tinc-tonc, tinc-tonc, que feia en Roure, el vell ferrer del poble, en picar el mall sobre l'enclusa. Davant del cafè Esport, en Míliu, el fill de la casa, regava el terra... i alguna mossa que passés en aquell moment, tot fent brometa. De tant en tant, els tinc-toncs d'en Roure es veien sobrepassats per les rialles de la senyora Brígida, l'àvia carnissera d'en Cili, que tenia la botiga al costat de cal ferrer. Al peu del monument al bisbe nascut al poble —un bunyol posat al bell mig de la plaça— uns nens feien pipí i després pastaven fang: En tot moment, se sentia el zuuuum, seguit, de la serra mecànica de cal Bisbe, un dels fusters del poble.

De sobte, es van sentir uns grans esgarips procedents d'un primer pis d'una de les cases. Era la Paulina, la mestra de plàstica de l'escola, que cantava *Al vent!* a ple pulmó, acompanyant-se ella mateixa al piano. De seguida, en Maties, el seu marit —que era professor de matemàtiques— va sortir al balcó a contemplar el panorama. Quan la Paulina cantava, en Maties s'afanyava a sortir al balcó, perquè, temps enrere, quan a la seva dona li agafà la fal·lera de cantar, els veïns van fer córrer que l'home li pegava.

Hi va haver uns moments de silenci. En Roure parà els seus tinc-toncs, la senyora Brígida deixà de riure i la Paulina va tancar el piano; i fins i tot la serra mecànica del Bisbe es va aturar, després d'un nyeeeu que feia posar la pell de gallina. Llavors, lentes, es van sentir unes campanades del campanar de l'església, que era a un cantó de la plaça. En sentir-les, els vells van encetar una discussió: que si era l'àngelus, que si tocaven a morts... Després, ho van deixar córrer: sabien de sobres que en Tomeu, el campaner, no s'hi entenia gaire i tot ho tocava a l'inrevés.

A la porta de l'església, la Mònica, la vella majordoma del senyor rector, feia mitja asseguda en una cadira de boga. A les escales de l'església, unes nenes jugaven a veure qui saltava més graons. I davant de l'església, quatre nois i tres noies s'empaitaven, jugant a trencar fils, fent grans crits i rialles: eren en Cili i la seva colla.

El joc anava d'allò més bé quan, de sobte, en voler trencar el mateix fil, la Teresa i en Toni van topar; més ben dit, en Toni va topar amb la Teresa i sortí rebotat a deu metres lluny.

—Bèstia! —cridà en Toni, mentre s'alçava i s'espolsava—. Mira per on vas, cap d'ós!

—Mengessis més sopes, carquinyoli! —cridà la noia, rient.

—Deu ser que tu en menges gaires, de sopes! —comentà en Pau—. Et fums cada entrepà de mig quilo!

—Vinga, vinga, no ha passat res! —va intervenir, conciliador, en Cili—. Tot plegat, una topada sense importància!

—Sí, entre un camió i un sis-cents! —va dir la Rocío, rient com una boja.

Acabava de fer el comentari, quan la noia va haver de córrer de valent, empaitada per la Teresa. La Rocío es refugià darrere del banc on seien els vells, i les dues noies van començar a donar-hi voltes, fins que un dels vells, brandant el bastó, les va fer fugir, cridant:

—Fora d'aquí! Carat de mosses, semblen xicotots!

Quan el vell es calmà i tornà a seure, un altre va comentar:

—Aquesta més revinguda, sembla la noia de cal Borrango.

—I l'és! —va fer un altre, que afegí—: És tan cavallot com ho era la seva àvia!

—He, he, he, he! —van riure tots, ensenyant les poques dents que els quedaven.

Mentrestant, la Teresa i la Rocío havien fet les paus i els de la colla, asseguts a terra en rotllana, planificaven el diumenge.

—Al matí, podríem anar a la resclosa —proposà en Pau—. Ara el riu porta poca aigua i es pot passar d'un cantó a l'altre tranquil·lament.

—Entesos! —acceptaren els altres.

—I a la tarda? —va preguntar la Ramoneta—. Anirem al cinema?

—Impossible! —va dir en Cili amb posat seriós, tot movent el cap—. En fan una d'aquelles de la essa!

—De les de pit i cuixa, que diu la mare! —va fer la Teresa, rient.

—Aquest senyor Paulito s'està passant! —digué enfadat en Dídac—. Fa tres diumenges que no passa pel·lícules de l'oest!

—Sigui com sigui, de cinema, res! —va dir en Toni.

Estaven discutint el que farien i el que no farien, quan el Cuca es va presentar i, tot decidit, s'assegué al costat d'en Pau.

—Fuig d'aquí, fastigós! —cridà el noi, donant un copet al gos.

El Cuca es va alçar d'un bot, va fer un parell de voltes a

l'entorn del grup, i acabà seient entre el Cili i la Ramoneta, que sabia que eren gent de pau.

—No sé per què el fas fora, pobre Cuca! —va dir la Rocío—. Tant que t'estima!

—I un be! —exclamà el noi—. Aquest Cuca és un pallarús acabat!

—Un què? —va fer en Dídac.

—Un pallarús! Una barreja de pallús i gamarús!

—Ah! —va fer l'altre, sense entendre-hi res.

—Bé, deixem el Cuca tranquil i anem per feina! —tallà en Cili—. A veure a qui se li acut una bona idea per a demà a la tarda.

Mentre els de la colla rumiaven, a la plaça es presentà un nou personatge. El nouvingut era un noiet d'uns deu o onze anys, mal vestit i mal calçat, però que anava net com una patena. El xicot era prim i altet, de cabells molt negres i ulls verds. La seva mirada era trista.

El noi donà una volta per la plaça, a poc a poc, amb les mans a la butxaca, i aviat es va aturar a prop d'on seien els de la colla.

En Pau va ser el primer de veure'l:

—Mireu, nois, tenim visita.

Els altres van mirar, encuriosits, el nouvingut.

—No és d'aquí —va dir la Teresa a la Rocío, en veu baixa.

—No... Si sembla un rodamón! Mira que mal vestit que va! —comentà l'altra noia.

En Cili no va trigar a alçar-se i es va adreçar al foraster:

—Hola! —va dir.

—Hola! —va fer l'altre.

—Què hi fas, per aquí?

—Mira, he arribat aquest matí.

—Amb la teva família?

—No. No tinc família.

—No?

—No.

Mentrestant, els altres també s'havien alçat i ara voltaven el noi.

—I de què vius? —va preguntar la Ramoneta.

—Mira, si em donen feina, treballo i, si no, demano almoina.

—Pobret! —va fer la Teresa, fent el bot. Era una ànima tendra, la Teresa.

—Doncs, noi, t'ho deus passar força malament! —comentà en Pau.

—A vegades sí i a vegades no —va dir el noi.

—I on dorms? —preguntà en Toni.

—Allà on puc.

Tots van restar silenciosos, sense saber què dir. Finalment, en Cili li preguntá:

—I avui, on penses dormir?

El noi, per tota resposta, va alçar les espatlles.

—I dinaràs? —preguntà la Ramoneta.

El noi va fer el mateix gest.

Van quedar tots altra vegada en silenci, fins que en Cili, tot decidit, agafà el noi d'un braç i li va dir:

—Vine! Amb una mica de sort, avui menjaràs alguna cosa i dormiràs a aixopluc.

I se'l va endur carrer de l'Església avall.

—On el dus, Cili? —preguntaren els altres.

—A casa la vella Reveia. Molt serà que no tingui llàstima d'aquest pobre xicot!

Mentre la colla abandonava la plaça, al campanar de l'església van sonar dotze campanades.

Un dels vells s'alçà feixugament.

—És hora d'anar a la teca, nois!

—Sí —va dir un altre, aixecant-se també—. Avui la meva vella m'ha promès un plat de faves, d'aquells que es fan dir sí senyor!

—Vols algun convidat? —preguntà un altre, tot rient.

—A fer el cafetó, prou! —va dir el vell, també rient—. Però les faves te les hauràs de pintar a l'oli!

Recolzant-se en els seus bastons, els vells marxaren cap a casa, un per cada cantó.

A la plaça dels Arbres va caure el silenci del migdia. No es veia ni una rata, com se sol dir, però sí un gos, el Cuca. El gos va anar amb mandra cap al monument del bisbe, va alçar una pota per fer pipí, va fer un gran badall i es va estirar, tan llarg com era, a terra, a torrar-se al sol.

11
EN CILI TÉ UN PLA...

La senyora Rosina —la vella Reveia, com la coneixia tothom, al poble— vivia avall del carrer de l'Església, un carrer en pendent que arrencava de la plaça dels Arbres, al costat mateix de l'església, i no parava gairebé fins al riu, allí on començava el passeig que passava per davant d'Horts Avall, la zona agrícola del poble.

Quan els de la colla van arribar davant de la planta baixa on vivia la vella, en Cili va dir als seus companys:

—Vosaltres espereu aquí. Tinc un bon pla per fer que la dona s'avingui a tenir aquest noi a dispesa per avui i... —De sobte, s'aturà i preguntà al xicot—: Per cert, com et dius?

—Càndid.

—Com? —van fer els altres, obrint molt els ulls.

—Sí, em dic Càndid —i, després d'una pausa, afegí somrient—: Us asseguro que jo no en tinc cap culpa!

Els altres es van posar a riure.

—Bé, bé, Càndid, no els facis cas, a aquests! —va intervenir en Cili.

I el noi es disposà a entrar a la casa.

—Ei, Cili! —el cridà en Pau—. Quin pla tens?

—Vosaltres, tranquils, que jo ja sé el que em faig —va dir l'altre.

I entrà a la casa.

Els altres es van quedar a fora, una mica anguniosos.

Van haver d'esperar ben bé deu minuts. Al cap d'aquest temps, la vella Reveia va sortir de la planta baixa seguida d'en Cili. A aquest se'l veia ben esverat, i de seguida es va posar a fer gestos estranys dirigits a en Càndid.

La dona va enviar una mirada al grup i de seguida es va dirigir, tota decidida, cap a en Càndid. Se'l va mirar una estona i comentà:

—Sembles un bon noi... No fas pas cara de trinxeraire —i afegí, tot mirant a l'entorn—: Però, on tens el carro?

—Quin carro? —preguntà el xicot tot estranyat.

En Cili, des de darrere de la dona, continuava fent tot de gestos, que en Càndid no entenia gens ni mica.

La dona, mentrestant, continuava contemplant el foraster i de cop va dir, molt estranyada:

—Saps que vas molt net per ser carboner?

—Jo, carboner? —va dir en Càndid, encara més estranyat.

La vella, de sobte, es va girar i va enxampar en Cili fent tot de coses estranyes amb els braços i les cames.

—Es pot saber què et passa, a tu? —va dir, cridant, la dona.

Llavors va intervenir en Pau i explicà:

—Senyora Rosina, el que passa és que aquest noi no té ningú. Avui ha arribat al poble, i voldríem demanar-vos que el tinguéssiu a dispesa, per avui... Sense pagar, s'entén!

—I a què ve, doncs, tot aquest embolic que m'ha explicat aquest tanoca, d'un noi que ven carbó de poble en poble, i que se li ha posat malalt el ruc? —va dir la dona, un bon tros enfadada.

—Mireu, coses d'en Cili! —va fer la Teresa, intentant de somriure.

La vella es plantà davant d'en Cili amb les mans a la cintura i va preguntar al noi:

—I què hi diu el menut de cal Crostonet, a tot això?

En Cili, vermell com un pebrot dels vermells, intentà de defensar-se:

ARRER
DE
ESGLÉSIA
8
17 83

— Veureu, és que jo confiava que me'l deixaríeu anar a buscar a mi, en Càndid, i llavors...

—A qui dius? —va fer estranyada la dona.

—Es diu Càndid, sabeu? —va aclarir la Ramoneta.

—No en volia saber d'altra! —va dir, rient, la vella Reveia. I tot mirant al xicot amb tendresa, afegí—: A fe que en fas la cara, de càndid! —I girant-se cap a en Cili, li engegà—: I tu, Cili, fas cara de poca-pena. I a més ho ets! A què treu cap això de venir-me amb històries estranyes? Si volies que acollís el noi, per què no ho deies clar i català?

—És que en Cili és així, sabeu? —explicà en Toni—. Això d'anar al gra no va amb ell.

—Però, en Càndid no en té cap culpa, pobre xicot, d'aquest embolic —intervingué aleshores la Rocío—. No hi ha dret que no us el quedeu per culpa de...

—Qui diu que no me'l quedo, mona pelada? —la va tallar la vella. I dirigint-se a en Càndid, que estava mig avergonyit, afegí—: Vine, noi, deixa'ls estar, a aquesta colla d'enredaires! Vine cap a casa i t'hi estàs tots els dies que vulguis!

I sense gaires contemplacions obligà a entrar en Càndid a la casa.

Tot just la vella Reveia i en Càndid van haver desaparegut a l'interior de la planta baixa, en Cili es trobà envoltat pels seus amics. Les cares dels de la colla no feien preveure res de bo per al noi.

—Jo em pensava que era un bon pla! —començà a defensar-se en Cili—. Però, és clar, la vella Reveia se m'ha avançat i no he pogut explicar la història a en Càndid. Segur que...

Però el noi no va acabar la frase. De sobte, va clavar una empenta al que tenia més a prop i va arrencar a córrer carrer de l'Església amunt, perseguit pels altres.

12
EN CÀNDID JA TÉ CASA

La història que havia explicat en Càndid als seus nous amics i que després explicà a la vella Reveia, era ben colpidora. S'havia quedat sense pares de molt petit i l'havia recollit un avi, l'únic parent que tenia. Al seu avi, explicava el xicot, no li agradava viure en un lloc fix; amb ell, havia corregut mig país, vivint una mica d'algun treball que sortia i una altra mica de miracle. Ara feia un any l'avi d'en Càndid havia mort i, de llavors ençà, el xicot feia tot sol l'ofici de rodamón.

La vella Reveia escoltà la història d'en Càndid amb atenció, i eixugant-se alguna llàgrima de tant en tant amb la punta del seu davantal.

—Pobre xicot! —exclamà la dona quan en Càndid acabà la seva explicació.

—Oh! No m'ho passava tan malament! —va fer el noi, més per consolar la vella que per altra cosa.

La dona es tornà a eixugar les llàgrimes, es va mirar un moment en Càndid i va dir:

—Mira, encara que sóc més pobra que una rata, no et vull pas deixar anar per aquests mons de Déu fet un perdulari. Si et conformes a viure tan pobrament com jo, ja et pots quedar! Serem tres! I, mira, allò que es diu, com més serem més riurem!

—Tres? —preguntà en Càndid, estranyat.

—Sí, dues persones de seny i una bestiota sense cap mena de senderi, el Cuca, que s'instal·la aquí com si fos a cal sogre! Què me'n dius, d'això, xicot?

—Més pobrament que no he viscut fins ara...—va fer el noi amb tristesa—. Almenys ara tornaré a tenir companyia, que és el que més trobava a faltar.

—Així, acceptes?

—És clar!

La dona, llavors, va dir, tota decidida:

—Doncs, vinga, ara que ja ho tenim tot arranjat, anem per feina, que hem de dinar i el més calent és a l'aigüera!

Al cap d'una estona, mentre la dona feia bullir l'olla i en Càndid pelava patates, aquest comentà:

—Aquests nois, en Cili i els altres, semblen molt trempats i assenyats.

—Trempats, prou, però assenyats... —digué la dona—. Vols que et digui el que són? Una colla d'eixelebrats, vet-ho aquí! Me'ls conec bé, aquesta colla de capsigranys! Aquest Pau és tan animalot com ho era el seu avi, que al cel sia; en Toni de cal Teia és un mosqueta morta que deixa'l córrer; aquesta noia que li diuen Rocío només sap cridar i fer escàndol; la Teresa de cal Borrango és tan cavallot com la seva àvia; el menut, aquest Dídac, és fet de la pell del dimoni; i en Cili de cal Crostonet és el pitjor de tots: tot ho enreda, i quan se li fica una ceba al cap, ja pots ben comptar que hi haurà mullader! L'única que sembla com cal és aquesta nena de ciutat, la Ramoneta. Però si continua amb aquesta colla de perdularis, aviat acabarà com ells!

En Càndid, davant d'aquell devessall d'improperis dirigits als seus nous amics, va restar una mica encongit. I de seguida preguntà amb veu una mica insegura:

—Així, vós no m'hi deixaríeu anar, amb ells, oi?

—Oh, i tant que sí! —va exclamar la vella—. Però si són molt bons xicots! —i guaitant el noi, va afegir—: A més, la

SAL

teva companyia els anirà bé. Fas cara de ser un xicot entenimentat. Ja els convé que entre ells hi hagi algú amb dos dits de front...

—I ja em voldran? —preguntà llavors el noi, no gaire tranquil.

—Pobres d'ells que no et vulguin! —va fer la vella—. Si no t'acceptessin, aquest Cuca del diable ja podria buscar-se un altre jaç!

—Però, què hi té a veure, en això, el gos? —preguntà el noi, estranyat.

La dona li ho va explicar:

—Encara que sembli mentida, aquest carat de gos els té el cor robat. I si el fes fora, de seguida vindrien tots en processó demanant que el deixi entrar de nou. Ho entens, ara?

13
UN MÉS A LA COLLA

Havent dinat, en Cili i els de la colla es van reunir a la plaça dels Arbres per un afer greu i urgent: s'havia de buscar roba nova per a en Càndid. Amb aquells parracs, el noi no era gens presentable, i més d'una mare prohibiria al seu fill o a la filla que s'ajuntés amb ell.

El cas era que la roba d'en Pau li aniria grossa i la dels altres nois, massa petita. Algú va dir que l'únic de la colla que era de la mida d'en Càndid era la Rocío; però aquesta anava sempre amb uns modelets de la darrera moda —de la darrera moda de les nenes, s'entén. En Dídac, imaginant-se en Càndid vestit «a la Rocío» —com va dir en Toni— va tenir un atac de riure que costà Déu i ajuda estroncar.

Quan en Dídac es va calmar, en Cili va dir als altres:

—Escolteu, tinc una idea, un pla que no pot fallar.

Per sort, en aquell moment en Càndid pujava pel carrer de l'Església. El noi portava una bossa d'anar a comprar... i anava amb roba nova!, encara que una mica passada de moda. Els de la colla es van poder estalviar el pla d'en Cili.

—Hola! —va dir en Càndid, alegrement, als altres.

—On vas tan mudat? —preguntà la Teresa amb els ulls ben oberts.

—Mira, la senyora Rosina tenia aquests pantalons i aquesta camisa d'un seu nét. I, a més, m'ha comprat aquestes espardenyes.

I, alçant un peu, ensenyà als altres una espardenya d'aquelles blanques amb vetes negres, nova i flamant.

—Estàs molt bufó! —exclamà la Rocío—. Oi, Teresa?

Però la Teresa no va respondre. S'havia quedat tota embadalida, amb cara de bleda, contemplant en Càndid.

En adonar-se'n, la Rocío alçà el cap enlaire i cridà:

—Teresa, baixa!

—Ets ben boja! —remugà la Teresa, tot donant un cop de colze a l'altra.

—Bé, nois —va dir llavors en Càndid—, vaig a comprar el pa. A reveure!

Mentre contemplava en Càndid, que s'allunyava, la Ramoneta va comentar:

—És un bon xicot, aquest Càndid. Faria per la nostra colla.

—Ep, para el carro! —exclamà en Pau—. Parlem-ne, d'això!

—Què t'agafa, ara, a tu! —va fer la Teresa.

En Pau explicà:

—Vam quedar que si algú altre volia entrar a la colla, havia de fer una prova!

—Mira, amb què surt, ara, aquest! —va dir en Toni.

El noi insistí:

—Les colles que surten als llibres bé ho fan així... I, a més, hi vam quedar!

—Però, quina prova li vols fer fer, pobret? —preguntà la Teresa.

—La que sigui! Però sense prova, res de res! —va dir en Pau.

La Rocío va intervenir aleshores:

—Ja ho tinc! Podríem dir-li que, si vol entrar a la nostra colla... —i restà un moment callada, amb un somriure de malícia.

—Què? —van fer els altres.

—Doncs, que ha d'aconseguir fer passar el Cuca per un cèrcol! —acabà la noia, esclatant a riure.

CAROLINA
PUIG
BELLESA

—Indirectes, no, eh! —va protestar en Pau, enfadat.

—Si d'això en dius una indirecta! —va dir la Ramoneta, rient per sota el nas.

—Escolteu! —intervingué, llavors, en Cili—. D'aquí a una estona, anem a trobar en Càndid i li preguntem si sap fer alguna cosa que valgui la pena. Ell la fa, i tots contents! D'acord?

—No! —va dir en Pau.

—Sí! —van fer els altres.

* * *

Una estona més tard, els de la colla baixaven pel carrer de l'Església, com sempre rient i empaitant-se. Quan van arribar davant de la casa de la vella Reveia es van quedar tots bocabadats.

—La mare del Tano! —exclamà en Pau.

—Si no ho veig, no m'ho crec! —exclamà, al seu torn, la Teresa.

Durant uns moments, els de la colla restaren silenciosos, veient l'espectacle: en Càndid tenia una fusta a la mà, posada horitzontalment, mentre deia al Cuca.

—Vinga, Cuca! Vinga, eixerit, salta!

I el Cuca, tot movent la cua i traient la llengua, ple d'alegria i amb aquella bona fe, saltava una i altra vegada per sobre de la fusta amb molta gràcia.

En Cili va preguntar a en Pau, amb to mofeta:

—Convençut?

L'altre va fer que sí amb el cap, mentre remugava:

—Aquest Cuca és un traïdor!

En Càndid ja era de la colla.

14
UNA MALA NOTÍCIA

L'endemà al matí, els de la colla van anar a la resclosa. Com cada estiu, el Llobregat portava poca aigua, i la poca que portava, com tot al llarg de l'any, feia fàstic. Allí hi havia de tot: llaunes, plàstics, sabatots... El que no hi havia eren peixos.

Una vegada cansats d'anar d'un cantó a l'altre de la resclosa, els xicots van seure sobre una roca que hi havia sota mateix de la presa. D'allí estant van mirar amb pena l'aigua del riu.

—Mira que és ben merdosa aquesta aigua! —comentà la Teresa—. No és estrany que no hi hagi peixos.

—Ni peixos, ni granotes, ni res! —va intervenir en Pau—, ni sabaters hi ha!

Els nois van estar una estona muts, pensarosos. En Càndid trencà el silenci:

—Quina diferència, l'aigua d'aquest riu amb la dels rius del Pallars!

Els altres se'l van mirar encuriosits.

—Que hi has estat, tu, per aquells verals? —preguntà en Toni.

El noi envermellí una mica i va respondre:

—Hi vaig estar una temporada força llarga... amb el meu avi.

—I de què vivíeu? —preguntà la Rocío—. Tinc entès que per allí hi queda ben poca gent.

El noi va trigar una mica a explicar-se:

—Veureu, vam estar una temporada llarga vivint en un mas abandonat: un gran casalot. Allí, el meu avi feia terrissa amb un torn i jo l'ajudava. De tant en tant, amb un matxo que teníem, portàvem la terrissa a vendre, a Esterri, a Sort i fins i tot a Tremp. Amb el que en trèiem, anàvem vivint.

—I com va ser que ho vau deixar córrer? —va voler saber la Teresa—. Perquè tu ens vas dir que, amb el teu avi, anàveu de poble en poble.

—El meu avi va anar perdent la vista —explicà el noi—. Va arribar un moment que feia la terrissa pràcticament cec. I per acabar-ho d'adobar, en un dels viatges —que seria l'últim— uns treballadors que hi havia per allí van fer explotar una càrrega de dinamita, el matxo es va espantar i es va estimbar, ell i terrissa. Llavors, vam tornar a l'ofici de rodamón.

Hi va haver uns moments de silenci, que trencà la Teresa, a qui les llàgrimes li queien galtes avall:

—Ai, mare! Quan sento aquestes històries, em posaria a plorar com una beneita!

En Càndid la va consolar:

—Va, Teresa, no t'ho prenguis així! Que això d'anar d'un cantó a l'altre té la seva gràcia. Aprens moltes coses, tant de la natura com de la vida... i també de la gent.

—Amb això tens raó, noi! —convingué en Pau—. Jo, quan seré més gran, amb unes bones botes i la motxilla ben plena, me n'aniré a voltar món!

—Però, no volies ser futbolista, tu? —preguntà, burleta, la Rocío.

—Sí, però això ho faré quan s'acabi la lliga.

—Quina lliga, la de primera divisió? —tornà a preguntar la Rocío, amb el mateix to.

—No! —va dir amb decisió el noi—. Jo, quan seré un gran futbolista, no em mouré del poble. Jugaré amb la Collpelatenca fins als quaranta anys!

—I si et volgués fitxar el Barça per una colla de milions? —preguntà en Dídac.

—Home! Si fos el Barça... —va dir en Pau.

—I si et donessin força milions... —comentà la Teresa.

—No! —replicà en Pau—. Per jugar amb el Barça, em conformaria amb quatre rals.

Els altres van esclafir a riure, i començà un reguitzell de bromes a les costelles de la futura glòria futbolística.

El noi no en va fer cas, dels comentaris dels seus amics. Va estar rumiant una bona estona, i de cop va dir:

—D'aquí a cinc o sis anys, ja podria jugar amb la Collpelatenca. —I llavors amb un somriure de felicitat, afegí—: ¿Us imagineu jo, en Cintet i en Juliet jugant de puntes, i darrere el Teia servint-nos la bimba amb safata?

—Amb en Batista no hi comptis —comentà en Toni. I afegí, com aquell que no hi dóna importància—: El meu germà, la temporada vinent, jugarà amb el Manresà.

—Què? —van exclamar els altres.

—Tal com ho sentiu —va dir en Toni—. L'any que ve, en Batista vola del poble.

En Pau es va aixecar amb cara de pomes agres, i es dirigí cap a en Toni.

—Suposo que ens vols prendre el pèl, oi? —li va dir.

—Que no! —respongué l'altre, tot tranquil—. Que ja ho tenen tot emparaulat. El Manresà, la Collpelatenca i en Batista: tots estan d'acord.

—Però, això és una traïció! —va dir la Teresa. I afegí—: Quan vegi en Batista, n'hi diré quatre de fresques!

—Com si n'hi vols dir mitja dotzena! —va fer en Toni, tot arronsant les espatlles.

Davant la mala notícia, tots van quedar com atuïts. Tots menys en Toni, és clar. Fins que en Càndid, ingènuament, va preguntar.

—I això que aquest futbolista, el germà d'en Toni, jugui amb un altre equip, és molt greu?

—Que si és greu? —va fer en Cili, tot escandalitzat—. És un daltabaix! Si se'ns en va el Teia, som equip a l'aigua!

—Sí! —comenta en Pau—. La temporada vinent, a la Quarta Comarcal, com en el temps dels Cretones!

—Sí! —va dir al seu torn en Cili—. A jugar amb els equips més paquets!

De sobte, la Teresa es va alçar i, dirigint-se als altres, va engegar:

—Nois, això no pot acabar així! Això ho hem d'adobar!

—I què vols fer? —va preguntar la Rocío.

L'altra noia, amb posat dramàtic, respongué:

—Hem de treure la caixa dels trons! —i, adreçant-se a en Cili, li va dir—: Cili, ja t'estàs empescant una de les teves solucions!

—No, per l'amor de Déu! —exclamà la Rocío—. Només caldria que en Cili ho emboliqués més!

—Tan poca confiança em tens? —va preguntar el xicot a la noia, tot ofès.

—De confiança, te'n tinc molta, Cili, ho pots ben creure. Però és que, noi... darrerament no n'encertes ni una!

De cop i volta, en Dídac començà a fer bots, mentre deia:

—És clar! Si és molt clar! Ara ho entenc! Clar com l'aigua!

—Què li passa, ara, a aquest? —va fer la Rocío.

—Què és el que és clar! —preguntà, llavors, en Pau—, perquè jo ho veig ben fosc!

En Dídac, aleshores, va mirar a tots cantons, amb posat misteriós, per assegurar-se que no hi havia cap espieta pels voltants —cosa ben estranya, perquè estaven sols, al mig del riu— i explicà:

—Escolteu! Oi que en Batista festeja amb una noia de Manresa?

—Sí, amb la Pili —confirma en Toni—. Això ho sap tothom.

—Doncs aquí ho tens! La Pili és una espia! L'han enviada els del Manresà per pispar-nos el noi Teia!

Els altres van restar com qui veu visions.

—Tu veus massa pel·lícules, Dídac! —va comentar la Rocío.

—Pobra Pili! —va dir la Teresa, rient—. Amb aquell posat de bleda, i resulta que és una espia!

—Oh, no te'n riguis, noia! —va intervenir en Pau, aleshores—. ¿Recordeu aquella del James Bond, on sortia una dona que semblava que no havia trencat mai cap plat i després resultava que era una espia del dolent i li prenia el pèl al noi?

—Un altre que ha vist massa pel·lícules! —va dir la Rocío, rient de gust.

—Deixem-nos de pel·lícules i empesquem-nos un bon pla! —va fer llavors, en Cili.

—Jo ja en tinc un! —comentà en Dídac.

—Si? —van fer en Pau i en Cili, intrigats, mentre els altres movien el cap, sense veure-ho gens clar.

—Sí! —confirmà en Dídac. I explicà—: Raptem la Pili, i li fem firmar una confessió!

—I si no ho vol? —preguntà en Pau.

—Llavors escrivim una carta anònima a en Batista.

—Sí, sobretot que sigui anònima! —el va tallar la Rocío.

El noi continuà explicant el seu pla, sense fer cas de la intervenció de la noia:

—...i li diem que si fitxa pel Manresà, no li tornem la Pili!

—Ei, tu, para el carro! —va intervenir en Toni, ben esverat—. Que el meu germà és molt pacífic jugant a futbol; però fora del camp té molt mala jeia!

Durant una estona, van estar discutint els pros i els contres del pla d'en Dídac, mentre en Toni anava dient:

—A mi no m'emboliqueu, en aquesta història! No tinc cap interès que el meu germà em faci una cara nova! Oh, i vosaltres no coneixeu el germà gran de la Pili! És un tros de bèstia capaç de fer-nos a miques amb una sola mà!

Al cap d'un moment, en Toni va poder respirar alleugerit: el pla d'en Dídac havia estat rebutjat per quatre vots a tres. El vot de la Ramoneta, negatiu, va ser decisiu. En Dídac, davant d'aquest fet, va comentar amargament a en Pau:

—Tan assenyada com semblava!

I l'altre, també amargament, va afegir:

—Ja ho deia que això de tenir mosses a la colla no portaria res de bo!

—Si —va fer l'altre, amb el mateix to—, trobes una nena que et fa el pes i després va i et traeix!

La Rocío, que el va sentir, comentà amb to mofeta:

—Mira, noi, la vida és plena de desenganys!

—I què fem, doncs? —preguntà de sobte en Pau—. Perquè alguna cosa hem de fer!

En Cili va rumiar uns moments i finalment proposà:

—De moment, podríem anar a parlar amb el Viseres...

—Vols dir? —féu la Teresa.

—Ell és l'entrenador, oi? —va explicar en Cili—. Per tant ha de ser el primer interessat que no li pispin el Teia!

—Sí, sí! —van fer els altres.

I, saltant de nou a la resclosa, es dirigiren tots, corrents, cap al cafè de cal Teia. Segur que allí trobarien el Viseres, fent la partideta de manilla.

15
NO HI HA RES A FER!

Quan els de la colla van arribar al cafè de cal Teia, allí hi havia festa grossa: les partides de manilla o de subhastat havien estat deixades de banda i les dues taules de billar que hi havia al fons del local —on tot el sant dia les boles rodaven sense parar— ara es veien abandonades.

Una gran gernació s'apilava al llarg del taulell, tot fent gran tabola: pagava la casa!

L'amo Teia i l'Amadeu, el dependent, no paraven de servir cerveses i gots de vi als clients habituals... i a alguns que no ho eren, però que aprofitaven la ganga.

En el moment que els de la colla entraven al cafè, l'amo Teia deia, a grans crits, tot aixecant un got ple:

—Pel noi gran de cal Teia, l'orgull d'aquesta casa i de tot el poble!

—Bé! Visca! —va cridar tothom—. Pel Batista! Pel noi Teia!

L'amo del local deixà un moment el got sobre el taulell i amb un gest de les mans va apaivagar la cridòria. Quan es féu el silenci, va dir:

—M'hauria agradat que el meu fill fos aquí, per celebrar-ho, però li acaba d'arribar la xicota de Manresa i, és clar, ja se sap! Primer és l'obligació que la devoció!

Tothom va riure a grans riallades, tot fent gresca, mentre en Dídac donava un cop de colze a en Pau i li deia:

—Deu estar contenta l'espia!

—Sí —va dir l'altre—. Després d'haver-me'l ben ensarronat!

Mentrestant, la gent tornava a estar esvalotada. Ara tothom volia que parlés el Viseres, l'entrenador.

—Jo ja sabeu que sóc una mica curt de paraules... —començà l'home.

—I de talla! —va cridar un poca-solta.

—...de paraules —prosseguí l'home, sense fer cas de la interrupció—, però en aquest dia en què un dels meus jugadors, a qui jo he format, dia a dia, com si fos argila a les meves mans...

—Uuuuuh, fora! —bramà la majoria dels presents.

—Pretensiós! —se sentí una veu per sobre la cridòria.

El Viseres va continuar, sense fer cas de les crítiques:

—...amb les meves mans, ha estat cridat a defensar els colors d'un equip de categoria molt superior a la nostra...

—Uuuuuh, fora! —va fer, ara solament una minoria, entre ells en Cili i els de la seva colla.

—...a la nostra —prosseguia el Viseres, impertèrrit—, només puc dir: endavant Batista! Demà, al Manresà, demà passat, al Barça!

—Bé, molt bé! —cridà la gent, fent grans aplaudiments.

Davant del panorama, en Pau, en Cili i els altres van quedar com gallines mullades.

—No hi ha res a fer! —va dir en Cili als altres—. Al final de la temporada que ve... —i amb el dit polze de la mà assenyalà cap avall.

Però en Pau no es donava per vençut:

—Això no pot ser! —va dir—. Anem a parlar amb el pare d'en Batista i...

En sentir això, en Toni va fer un gest amb la mà i digué:

—Ja us ho fareu! No tinc ganes de rebre, jo!

I va marxar cap a l'interior del local.

La resta de la colla va estar una estona discutint la jugada, i finalment van decidir d'anar a parlar amb el pare Teia. Ara, acabada la bullanga, els parroquians havien continuat amb les seves partidetes de cartes o de billar, mentre que els que no ho eren, una vegada feta la gorra, havien abandonat el local. El senyor Ramon, l'amo Teia, era darrere el taulell, amb els colzes sobre el marbre, content com unes pasqües.

En Cili es dirigí a ell:

—Senyor Teia... Ai, vull dir senyor Ramon! Voldríem tenir unes paraules amb vostè.

—Les que vulgueu! —va dir l'home. I afegí, tot cofoi—: Ja sabeu la gran nova, oi? El meu nano gran, la temporada vinent, serà el terror de la Primera Comarcal!

—D'això, precisament, voldríem parlar-li, senyor Ramon. Nosaltres... doncs... pe-pe-pen-sà-sà-sà-vem... que...

En veure que en Cili començava a embarbussar-se de nerviós, la Teresa va dir a l'home, sense embuts:

—Nosaltres, senyor Ramon, creiem que deixar la Collpelatenca sense el seu millor jugador és una bestiesa més gran que una catedral!

L'home, en escoltar les paraules de la noia, va quedar un moment astorat; però de seguida reaccionà i amb to calmós va dir:

—Ja sé que vosaltres sou uns grans afeccionats a l'equip i també al meu fill. Us comprenc. Però, heu de pensar que és una gran cosa que un xicot de Collpelat jugui amb el Manresà, un equip tan...

—Tan trampós —el va tallar en Pau—. Per la festa major de l'any passat, ens van estafar el partit, amb l'ajut d'aquell cul d'olla que feia d'àrbitre!

—Jo sóc més partidari de la Collpelatenca que ningú —va dir l'home, llavors, ja no tan calmat—, però he de confessar que aquell deu a tres que ens va encolomar el Manresà va ser del tot legal!

—Però si a vós us van haver d'agafar entre tres o quatre perquè volíeu escalfar l'àrbitre! —va dir en Dídac, fet una fúria.

—Mentida podrida! —cridà l'amo Teia, ara no gens calmat. Però, fent un esforç, es tranquil·litzà i va afegir—: A més, no tinc per què escoltar les bestieses de quatre mocosos!

Els altres estaven ben aclaparats. La Teresa va començar a fer el bot i en Dídac ja ni el bot: plorava a llàgrima viva...

En Cili, tristament, va comentar:

—Com us deia! L'any que ve... —i amb el polze assenyalà cap avall.

—Sí, no hi ha res a fer! —va dir, sospirant, la Rocío.

En veient aquell drama, l'home es va entendrir i va dir als nois:

—Va, va, no us ho prengueu així... ja veureu com qualsevol dia ens surt un altre centrecampista tant o més bo que el meu noi!

—Sí, romanços! —exclamà la Teresa, tot eixugant-se les llàgrimes.

L'home va sortir de darrere el taulell i digué als de la colla:

—Veniu, seieu en aquesta taula i celebreu, com hem fet tots, la bona sort d'en Batista —i va cridar el dependent—: Amadeu, taronjades per a aquests nois tan eixerits! Paga la casa!

En sentir aquestes paraules, als xicots els passaren tots els mals. Van seure sense pensar-s'ho dues vegades, tots... Tots, menys en Pau, que es va quedar dret, mirant amb desaprovació els seus companys.

—Sou uns traïdors! —els va clavar.

—Va, Pau, va! Què hi vols fer! —li va dir la Teresa—. Ja

has sentit que no hi ha res a fer. I, mira, contra les penes, punyalades!

—Vinga, Pau, no siguis tossut, i vine a seure amb nosaltres! —li va demanar en Cili.

El noi féu que no amb el cap amb decisió, i va sentenciar:

—Jo no em venc per una taronjada!

I va sortir del local.

16
A LA RECERCA D'UN NOU TEIA

Aquell diumenge, havent dinat, els de la colla d'en Cili eren a la pèrgola dels Jardins de la Biblioteca.

Feia un sol que fonia les pedres, però allí, a la pèrgola, s'hi estava d'allò més bé.

Asseguts en un dels pedrissos, en Cili, la Teresa i en Pau feien una cara d'ennuvolats que feia pena de veure. Els altres, en canvi, s'ho passaven la mar de bé jugant a la baldufa. Havien fet una ampla rotllana a terra amb guix, i un darrere l'altre llançaven les baldufes, intentant d'aconseguir que voltessin dins del cercle; el qui fallava l'havia de deixar al centre del cercle; llavors, tots intentaven treure-la cap enfora d'un cop amb la seva baldufa; i el que ho aconseguia, i al mateix temps la seva continuava voltant dins del cercle, se la quedava. Cada jugador havia començat amb quatre baldufes: una de bona i tres de poca qualitat, els «fustots».

En Casi —que s'havia afegit al grup dels baldufers— era qui guanyava: en això de la baldufa era tot un as! En canvi, la Ramoneta, la pobra, no n'encertava ni una: ja havia perdut els fustots. En Dídac prou que l'alliçonava, però la noia no semblava haver nascut per a aquest art de llançar la baldufa amb força i habilitat.

—Ja se sap —comentava en Toni—, en això de la baldufa, els de Barcelona són uns inútils.

En Càndid sortí en defensa de la noia:

—Això que dius no està bé, Toni! Al cap i a la fi, la Ramoneta fa quatre dies, com qui diu, que n'ha après. Quan tindrà el teu entrenament, vés a saber, potser ho farà més bé que tu.

En Toni va fer un gest de dubte.

Mentre els altres preparaven o llançaven les seves baldufes, en Dídac —amb no gaire paciència, tot s'ha de dir— instruïa la Ramoneta en el noble art de llançar la baldufa:

—Estreny més el cordill! No! El cargoles a l'inrevés, ruca! Així! Ara, llança-la amb força!

La noia llançà la baldufa i la baldufa es posà a girar.

—Visca! —cridà la noia, tota contenta—. Ja en sé!

En Dídac, però, feia cara de desolació.

—Però, no veus, beneita, que gira cap per avall, sobre la cabota?

—Oh! —va fer la noia, decebuda.

En aquell moment va intervenir en Càndid:

—Si que ho fas bé, Dídac! Si me la desmoralitzes d'aquesta manera, no n'aprendrà mai! Deixa'm a mi.

En aquell precís instant, la Rocío cridà:

—Ramoneta, et toca!

—Un moment! —va dir en Càndid, mentre enroscava el cordill de la baldufa de la noia.

Una vegada l'estri preparat, el va posar a la mà de la Ramoneta, tot dient-li:

—Així! Estreny-la ben fort! Vine...

I en Càndid va conduir la noia prop del cercle de guix. Ell mateix va aixecar el braç de la noia a l'alçada convenient, i li va dir:

—Ara concentra't un moment!

La noia obeí, tot tancant els ulls.

Al mig de la rotllana hi havia quatre fustots. Aviat n'hi hauria una de les bones, pensaven els altres...

—Llança-la! —ordenà en Càndid.

La Ramoneta, encara amb els ulls tancats, llançà la baldufa...

Miracle! La baldufa havia topat amb fúria contra els quatre fustots, que sortiren del cercle un per cada cantó, mentre que la seva girava, airosa, sense sortir de la ratlla.

—Oh! —van fer tots.

—Oh! —va fer la Ramoneta quan va obrir els ulls.

En Dídac, aclaparat, es va adreçar a en Càndid:

—Noi, se't felicita! Això d'ensinistrar Ramonetes ho fas tan bé com ensinistrar Cuques.

En aquell moment es presentà en Pep Tronat, corrent com un esperitat. Quan va arribar al costat dels de la colla, cridà, respirant amb dificultat:

—Una mala notícia! Sabeu la mala notícia?

—Sí! —va respondre en Pau—. Que al Cinema Modern en fan una d'aquelles de la «essa»...

—No!

—Ah, no?

—Sí!

—En què quedem?

—No m'enredis, tu, ara! Que no és aquesta la mala notícia, vull dir! —aclarí el noi. I tot mirant els altres, amb cara dramàtica, va dir—: En Batista ha fitxat pel Manresà!

—Vas a l'hora, tu, Pep? —va dir la Teresa—. Però si, d'això, tot el poble en va ple des del matí!

—Ah, sí? —féu el noi. I afegí—: Aquest Batista està ben tronat! I els del club, encara ho estan més, de tronats! I el Viseres...

—Està tronadíssim! —acabà la Rocío, rient.

—Això! —assentí el noi.

—La culpa és de l'espia! —va fer llavors en Dídac.

—Això, això! —digué en Pau.

—Quin espia? —va preguntar, estranyat, en Pep.

—Deixa'ls dir a aquests! —va intervenir la Teresa—. Aquest parell veuen espies pertot arreu!

—El fet és que ens pispen el noi Teia —va comentar, tot trist, en Cili.

—Sí, sí! Ja, ja! —intervingué en Casi. I abaixant la veu, va afegir—: Això és cosa de la tribu dels sioux...

—Més aviat és cosa de la tribu dels manresans! —va quasi cridar, enfadat, en Pau.

—I què farem? —preguntà en Pep Tronat, abatut.

—Sí, mira, mala cara quan morirem! —comentà la Rocío.

Tots van quedar uns moments consirosos, sense saber què dir. Fins que en Toni va fer:

—No sé per què us amoïneu tant! Si us quedeu sense el meu germà busqueu algú tan bo com ell i ja està!

—Sí, mira, ja esta! —digué la Teresa—. Com si de Teies se'n trobessin mitja dotzena a cada cantonada...!

—A casa en som una colla! —va fer en Toni, amb to irònic.

—Però, un d'ells és ben inútil! —digué, enfadada, la Teresa.

Es va fer un nou silenci, que trencà en Casi:

—Això que diu en Toni, veus, ho trobo molt ben trobat! Un altre Teia, és clar...

I l'home es posà a riure tot content.

—Ves-hi fent barrila, tu, Casi! —digué en Cili—. I on el trobem un jugador com en Batista, eh?

—Oh, no és tan difícil! —va fer l'home—. Jo en conec un que...

—No serà el Cretona mitjà! —el va interrompre en Pau.

—Aquell? Però si és una toia! —va dir en Casi—. No, no! Jo vull dir...

—No t'hi capfiquis, Casi —el tallà novament en Pau—, de Teies en bon estat, tret d'en Batista, cap!

—Ei, sense faltar, eh? —protestà en Toni.

Llavors va intervenir la Ramoneta:

—Per què no calleu i deixeu que en Casi s'expliqui?

Els altres van callar, però el seu posat era ben escèptic. Ningú no creia que la solució al problema la tingués el pobre Casi.

—Digues, Casi, digues —va fer la Ramoneta.

En Casi es posà seriós i, tot donant-se importància, digué:

—Jo en sé d'un que juga tant o més bé que el Teia!

—Qui? —van preguntar els altres.

—En Kenta!

Els altres van obrir un pam de boca.

—Va, Casi, no ens aixequis la camisa! En Kenta? Vinga, home, vinga!

—Que sí! —insistí en Casi—. En Kenta toca la bimba tan bé com el noi Teia. I fum unes faves més fortes que en Cintet!

—I com ho saps, tu, això? —preguntà en Cili.

—Perquè l'he vist —va respondre l'home—. Amb aquests mateixos ulls! —i s'assenyalava els ulls amb dos dits—, i moltes vegades! Si fins i tot he jugat amb ell!

—On? —preguntaren alguns.

—Darrere del ranxo de can Pitoi! A l'esplanada que hi ha davant la pallissa!

El ranxo de can Pitoi era una masia, és clar, que hi havia als afores del poble.

En Casi va continuar explicant:

—Gairebé cada tarda, quan surt de la fàbrica, en Kenta agafa una bimba d'aquelles blanques i negres, que fan tan bonic, i se'n va al ranxo de can Pitoi a xutar...

Tot d'un plegat, l'home es va quedar parat i, tot moix, els va dir:

—Renoi, ara sí que l'he feta bona!

—Per què? —preguntà un.

—Ara que hi penso, en Kenta m'havia dit que no ho digués a ningú, que jugava tan bé la bimba!

—I per què?

L'home va arronsar les espatlles, i restà tot preocupat. De seguida va fer:

—No ho sé! Coses d'ell...! Ara no aneu a xerrar-li, eh, el que us he dit!

—No, no —van fer els altres.

De sobte, en Càndid preguntà a en Casi:

—I ara hi serà, aquest noi negre, a can Pitoi, Casi?

—Ben segur!

En Cili mirà tot estranyat a en Càndid, i li va preguntar:

—Com ho saps, tu, que en Kenta és un noi negre?

En Càndid enrogí una mica, i després d'un moment va contestar:

—Pel nom. Kenta és un nom de l'Àfrica, oi?

—Sí, és clar! —va fer en Cili.

—Què fem, hi anem? —proposà llavors en Pau.

En Cili pensà un moment, i va proposar:

—Podríem amagar-nos en aquell turonet que hi ha prop de la pallissa de can Pitoi, darrere la salzeda... No convé, de moment, que en Kenta ens vegi...

—Sí, sí! —van assentir els altres.

—Anem-hi? —féu en Dídac.

—Anem-hi! —confirmà en Cili.

I van marxar tots cap a can Pitoi, corrents, com sempre...

17
EN KENTA

En Kenta era un xicot d'una vintena d'anys, de la Guinea Equatorial. Era un noi treballador, més aviat callat, bondadós. Sovint se'l veia trist. «És clar —deia la gent—, es deu enyorar».

El noi havia arribat al poble feia un parell d'anys, i havia trobat feina a la fàbrica del senyor Espona.

Al principi, en Kenta va tenir una mica de problema amb la gent: els collpelatencs i les collpelatenques no havien tingut mai cap negre al poble i la presència del noi els venia de nou. De seguida, però, fou ben acceptat, quan van veure que era com tothom, i, fins i tot, una mica millor que alguns dels joves collpelatencs.

La primera vegada que va anar a ballar a la Unió Collpelatenca —una societat cultural on feien ball gairebé cada diumenge— no va tenir gens d'èxit. Les noies, per allò del què diran, no volien ballar amb ell. Però això va durar poc; quan les noies es van adonar que era un bon noi i que ballava com els àngels, van començar a acceptar-lo, i ara gairebé anaven a bufetades per ballar amb ell.

Això sí, en Kenta era molt reservat, i encara que havia fet colla, mai no volia anar amb els seus amics fora del poble.

En Cili i els seus el coneixien prou bé, en Kenta. I sabien que el xicot tenia, a vegades, un capteniment, com si diguéssim, un xic misteriós, com si amagués alguna cosa. Però, mai no s'haurien imaginat que el que amagava era que sabia remenar bé la bimba...

Quan els de la colla van ser davant de la masia de can Pitoi, en Cili organitzà el pla d'espionatge:

—Un voluntari! —digué.

De seguida s'avançà en Dídac.

—Bé! —continuà en Cili—. Enfila't en aquell roure d'allà, i mira si en Kenta és a l'esplanada!

—Però, Cili —va intervenir la Teresa—, per què el fas pujar a un arbre? No és més fàcil treure el nas per darrere la casa?

Però, abans que la Teresa acabés de dir aquestes paraules, en Dídac ja era dalt del roure...

Els altres van haver d'esperar una bona estona que en Dídac tornés.

—Es veu que t'hi trobaves molt bé, allà dalt, oi Dídac? —va comentar en Toni, en veure'l arribar.

—Què, què? —preguntaren tots.

En Dídac se'ls va mirar tot seriós, i fent-se un petó a la punta dels dits, junts, d'una mà, digué:

—*Canela en rama,* nois!

—És bo? La xuta bé?

El noi tornà a fer el mateix gest, i va afegir:

—Cosa fina, nanos!

—Anem cap al turonet! —ordenà en Cili, llavors.

Però els altres no li van fer ni cas, i van arrencar a córrer cap a la part del darrere de la casa.

Es van amagar entre unes mates, i des d'allí, traient el cap amb molt de compte, contemplaren l'espectacle.

En Kenta jugava amb la bimba davant d'una de les parets laterals de la pallissa. I com la jugava! Feia botar la pilota algunes vegades, sense deixar que toqués a terra, amb el peu dret, llavors l'enlairava, la feia botar amb el cap, la

SHOW TROPICAL
GRANJA

deixava caure, l'enxampava amb el peu esquerre, se la canviava a la dreta, i llavors fumia una castanya en direcció a la paret, tan forta, que tot l'edifici trontollava...

Els nois ho veien i no ho crien...

—Com xuta! —exclamà en Pau, en veu baixa.

—I com la toca! —insistí la Teresa—. Sembla que l'acaroni!

En Dídac, amb cara d'entès, va sentenciar solemnement:

—És una barreja de Teia i de Cintet!

Els altres assentiren, tot convençuts.

En aquell moment, el xicot llançà un xut no massa fort contra la paret i quan la pilota tornà rebotada cap a ell, l'enxampà de mitja volta i li clavà una patacada que la bimba entrà com una exhalació per una de les finestres de la part alta de la casa.

—Gol! —va cridar en Pau, sense poder-se contenir.

—Brètol! —li va etzibar la Teresa—. Ja ens ha descobert!

En Kenta, en sentir el crit del noi, restà clavat on era. Però de seguida reaccionà i va anar cap a les mates on eren amagats els de la colla, tot dient:

—Qui hi ha, per aquí?

Els nois anaren sortint a la vista, ara un, ara l'altre.

—Es pot saber què hi fèieu aquí darrere, espiant? —va dir el noi, enfadat. I en veure en Casi, va afegir—: Aquest bocamoll ja ha hagut de xerrar...

En Casi, avergonyit, abaixà el cap.

—Perdona, Kenta. És que...

El xicot negre, en veure'l tan desolat, li va donar un copet amistós a l'esquena:

—No té importància, Casi —i adreçant-se als altres, afegí—: I, vosaltres, si us plau, feu-me un favor. El que heu vist, oblideu-ho.

Però, per què? —preguntà en Cili.

—Això es cosa meva.

I dit això, el xicot va anar a seure a uns marges que hi havia per allí. El seu posat era de tristesa.

Els altres se li van anar acostant a poc a poc i, un darrere l'altre, es van asseure al seu voltant.

—Perdoneu, nois —explicà en Kenta—, però no em convé gens que se sàpiga que sé jugar una mica a futbol.

—Una mica, dius! —va exclamar en Dídac, amb to d'admiració.

—Ja sé que és estrany, això —va continuar en Kenta—. Però, creieu-me, tinc les meves raons.

Hi va haver una estona de silenci. Ningú no sabia què dir.

—Escolta, Kenta —va engegar, finalment, en Cili—. Ja saps que el noi Teia se'ns en va al Manresà?

—Sí, ja ho sé —va contestar—. S'ho mereix, en Batista. És un gran jugador. Arribarà lluny...

—Sí, però el nostre equip, sense ell, serà un nyap! —protestà en Pau.

—Al juvenil hi ha gent bona —va dir en Kenta—. Mal serà que no surti algú o altre que el pugui substituir, a en Batista.

—I un be! —exclamà la Teresa—. Entre aquella colla de mecs no hi ha ningú que es pugui comparar a en Batista —i va afegir—: Ni a tu!

El noi s'alçà d'una revolada.

—Amb mi no hi compteu!

En Cili, llavors, li va dir, assenyadament:

—Escolta, Kenta. No volem posar-nos en les teves coses. Però, mira, la Collpelatenca no és que pagui gaire bé, però uns quants quartets, no t'anirien gens malament, oi?

—Això, no! —va fer el xicot. Però, afegí—: Ara, per aquest cantó, res!

—Pensa-t'ho, Kenta! —va intervenir aleshores la Rocío—. Pel que m'han dit, a la fàbrica fas un munt d'hores...

—Oh, i tant! —assentí el noi negre.

—El fan treballar com un negre, pobre xicot! —va dir la Teresa, que de seguida s'adonà de la relliscada—: Ai, perdona!

En Kenta va somriure a la noia:

—Ja ho pots ben dir, Teresa, que treballo com un negre! És ben veritat!

Llavors en Càndid preguntà al xicot:

—Però, tu, Kenta, no tens ganes de progressar?

—És clar que sí! M'agradaria posar una xurreria! —afirmà, somrient. Però, de seguida es posà seriós altra vegada—: Però això és solament un somni...

I dit això, el xicot va anar cap a la porta de la pallissa, a cercar la seva pilota. Abans d'entrar es girà cap als nois i els va dir:

—Ja ho sabeu! Muts i a la gàbia, sobre el que heu vist! O si no... —el xicot dubtà un moment, i al final va continuar—: ...o si no, no us estaré amic!

Tristament, els nois es van dirigir novament cap al poble. Pel camí anaven comentant el que havien vist i sentit:

—Ja és ben estrany —deia un.

—Un cas com un cabàs! —deia un altre.

—No hi ha dret! —exclamà de sobte en Pau, enfadat—. Pensar que tenim un altre fenomen al poble i, mira, ens l'hem de confitar!

Quan van arribar a la plaça dels Arbres era ja l'hora d'anar a sopar. Abans de dir-se adéu, en Cili va comentar als altres:

—Ei, una cosa! Encara que ens sàpiga greu, hem de fer el que ens ha dit en Kenta: muts i a la gàbia!

—Sí, sí! —van fer els altres.

—Eh, Casi? —féu en Cili, adreçant-se a l'home.

En Casi, tot convençut, va fer un gest amb dos dits, com si es tanqués la boca, i digué:

—Jo, cremallera!

Aleshores, la Ramoneta comentà:

—De què li deu venir, a en Kenta, aquesta tristesa?

En Càndid, tot movent el cap, va contestar:

—No és solament tristesa el que té en Kenta; també té por.

—Por? —va pregunta en Cili, estranyat—. I com ho saps, tu, que en Kenta té por?

El noi va envermellir una mica, com li passava sovint. Digué:

—Només calia mirar-lo una mica. Se li veu la por als ulls!

—Si tu ho dius! —comentà en Cili, tot arronsant les espatlles.

Quan en Cili i en Pau tornaven cap a casa, el primer comentà:

—Ja és ben estrany, aquest Càndid! Surt amb cada cosa! Com això que en Kenta té por!

—Vés a saber! —féu en Pau, distretament.

—No sé... —va comentar en Cili—. Aquest sovint es passa de llest!

—Però de vegades l'encerta! —féu en Pau.

—Sí —assentí en Cili, pensarós—. A vegades l'encerta!

18
L'HOME DE LA MALETA NEGRA

Aquell vespre, a l'hora de sopar, en Cili no tenia gens de gana. Tot moix, el noi anava aixafant amb la forquilla, amb una mica d'esma, les patates i la mongeta tendra que tenia al plat.

La seva mare se'l mirava de tant en tant, i al final li va dir:

—Va, Cili, decideix-te! Se't refredarà el menjar...

El noi apartà el plat i protestà:

—Sempre patata i mongeta tendra! Sempre patata i mongeta tendra! Podries variar una mica, oi, de tant en tant!

La seva mare, carregada de paciència, li va dir:

—Aquesta setmana, és la primera vegada que faig patata i mongeta tendra, Cili. Si estàs de mal humor, si et plau, no donis la culpa a la cuinera!

—És que no tinc gana! —exclamà en Cili, fent un gest amb els braços.

—Es pot saber el que et passa, noi? —va intervenir llavors el pare—. Sembles una ànima en pena!

—No res, no em passa! —féu el noi, emmurriat.

—Jo sé què li passa! Jo sé què li passa! —va començar la Rosó, fent una cantarella.

—Tu calla, pallussa! —va cridar el noi, enfadat—. Ets...

—Bé, no cal que cridis, Cecili —el tallà el pare—. Al cap i a la fi, si tu no ens vols dir el que et passa, que ho digui la teva germana...

La nena no es va fer pregar:

—A en Cili li passa... el que els passa a tots els nois del poble: estan empipats com unes mones enrabiades, perquè el noi Teia, l'any vinent, jugarà en un equip de Manresa.

La senyora Maria Rosa va somriure i comentà:

—Ja estic més tranquil·la! Em pensava que t'havies ficat en un embolic! Si només és això...

—Et sembla poc? —rondinà el noi—. Vols saber què farem la temporada vinent? Llufa, és el que farem!

—Bé, bé, no t'enfilis, que no n'hi ha per a tant! —va contestar, aleshores, el pare—. El Viseres ja trobarà algú o altre...

—Sí, el Viseres! Romanços! —va exclamar el noi; i tot sospirant afegí—: Aviat veurem l'equip altra vegada ple de Cretones!

—De què? —preguntà la Rita, estranyada.

—Vol dir els fills i els nebots del senyor Cretona! —explicà la Rosó.

—Del senyor Espona, Rosó! —va rectificar la mare—. Una mica de respecte per a les persones grans!

Hi va haver uns moments de silenci. De cop, en Cili va alçar la vista cap a la seva mare i, en veu baixa, li preguntà:

—Mama, els del teu partit, que ara manen a l'Ajuntament, no hi podrien fer alguna cosa?

El senyor Jeroni va fer un parell d'estossecs, tot aguantant-se el riure. La dona va llançar una mirada de reprovació al seu marit, i va contestar:

—Altra feina tenen, els de la Casa de la Vila!

En Cili abaixà el cap, però de seguida va tornar a alçar la vista, ara cap al seu pare, a qui preguntà:

—I els del teu, papa? Segur que si aconseguíssiu que el Batista es quedés al poble, guanyàveu les pròximes eleccions!

L'home anava a respondre, però la seva dona se li avançà:

—Veus, no és mal pensat, això, Cili! —però en veure que

el seu marit s'aixecava, va afegir—: No! No cal que vagis a l'hort! Ja callo!

En aquest moment va sonar el telèfon.

La Rita se'n va anar d'un bot cap a l'aparell: aquella hora solia trucar en Ricard, el noi que la rondava.

—Ja torna a trucar el borinot de la Rita! —va comentar la Rosó.

—Rosó! —la renyà el seu pare.

—Però si és que aquest totxo d'en Ricard sempre ronda la Riteta, com si fos un borinot! ...Ai!

La Rita li havia clavat un calbot.

—Aquesta per això del borinot! —cridà la Rita.

—Ai! —es va tornar a queixar la nena.

—I aquesta altra, per això de la Riteta!

—Va, nenes, va! —intervingué l'àvia—. Tinguem la festa en pau!

La Rita va seure de nou a taula, tota emmurriada, mentre deia:

—És per a tu, Cili. La de cal Borrango.

En Cili es va apressar a anar al telèfon.

—Sí?

—Sóc la Teresa. Hi ha notícies!

—Sí? De quí? Del noi Teia?

—No, de l'altre.

—De quin altre?

—Sembles enze, noi! Del fosc!

—Del què? Ah, sí! Ara t'entenc!

—Ja era hora! D'aquí a una estona, tots a sota l'arbre...

—D'acord!

I en Cili va penjar l'aparell.

El noi, llavors, es va asseure de nou a taula, es va menjar el plat de patata i mongeta tendra en un tres i no res, davant de l'estranyesa dels altres, que ja anaven per les postres, va agafar dues llesques de pa, les untà amb l'oli de la paella que hi havia al mig de la taula, s'hi va posar un tall de carn al mig, va agafar una taronja i es va aixecar d'una revolada.

—Que vas a apagar foc? —preguntà l'àvia.

—Tinc pressa! Ens trobem sota l'arbre! —va explicar el noi, mentre corria cap a la porta.

—Abans de dos quarts de deu, a casa! —cridà la mare.

—Sí! —va respondre en Cili, ja al carrer.

* * *

Els de la colla eren reunits a la plaça de la Pau, sota un gran plàtan que hi havia al bell mig. Aquell era el lloc de les reunions nocturnes de la colla. A la plaça dels Arbres, al vespre, hi havia poca llum; en canvi, al plàtan de la plaça de la Pau hi havia mitja dotzena de bombetes i s'hi veia força bé.

—Què? Què? —van preguntar tots, excitats, a la Teresa.

La noia començà a explicar:

—Doncs, quan anava a casa a sopar, m'he trobat amb en Xesc, el noi de la senyora Cisa.

—Aquell tronat de les ulleres! —comentà en Pep Tronat, que també hi era.

—No està tan tronat com tu, però Déu n'hi do! —va fer la Teresa.

—Vinga, deixa't de ximpleries i vés al gra! —s'impacientà en Cili.

—Doncs, veureu... Tot caminant hem sortit a parlar d'en Kenta...

—Ja has xerrat! —la tallà en Pau.

—Qui ha xerrat, cap d'ós? —protestà la noia.

—Calleu tots i deixeu que la Teresa s'expliqui! —va intervenir, impacient, en Cili.

—Ja sabeu que en Kenta s'està a dispesa a casa d'en Xesc —va continuar la noia—. Doncs, parlant amb el nano, d'en Kenta, que si tomba que si gira, tot d'un plegat en Xesc diu: «A aquest Kenta n'hi passa alguna!» «Vols dir?», que jo faig, com aquell que baixa d'Arbeca. «Segur!», diu ell. «I què és el que li pot passar, a en Kenta», pregunto jo, com si vingués de l'hort... I ara ve quan el maten!

—A qui maten? —preguntà, estranyat, en Dídac.

—A ningú, home! —va explicar en Toni—. És una manera de dir... Una manera de dir molt bèstia, la veritat!

—Prou! —cridà en Cili—. Vols acabar, Teresa?

La noia, llavors, es mirà els altres, un a un, amb misteri, per fer-los glatir. Fins que en Pau va esclatar:

—No siguis pallarussa, Teresa, i buida el sac d'una vegada!

Llavors la noia va acabar, per fi:

—Doncs, segons diu en Xesc, de tant en tant en Kenta rep una visita... Un home molt malcarat, que du sempre una maleta negra. Diu en Xesc que aquest home es presenta algun diumenge, a mig matí, i que ell i en Kenta es tanquen a la cambra del xicot. A vegades, en Xesc ha sentit que es discuteixen fort. I quan l'home se'n va, a en Kenta se'l veu tot trastornat; fins i tot, alguna vegada, en Xesc l'ha vist plorar!

—Bufa! —féu la Rocío.

—Ostres! —en Dídac.

—La mare del Tano! —en Pau.

—Punyals! —la Teresa.

Els de la colla es van estar una estona sense dir res, aclaparats per la notícia.

—Ja és ben estrany, això! —va comentar finalment en Cili.

—Sabeu què us dic? —digué en Pau—. Que això és cosa d'aquells que persegueixen negres! Els del can-can!

—El can-can és un ball, ruc! —féu, rient, la Rocío.

—Doncs, els del Tutankamen!

—Aquest era un emperador de no sé on! —va dir la Teresa, també rient.

—Era un faraó de l'antic Egipte! —explicà en Toni.

—Deixeu de dir bajanades! —intervingué en Cili; i mirant a en Pau, li va explicar—: Vols dir els del Ku-Klux-Klan.

—Aquests, aquests —va assentir l'altre.

—Però aquesta colla de brètols són dels Estats Units! —va fer en Toni.

—Es deuen haver infiltrat al nostre país! —va dir en Dídac, tot convençut.

En Cili, mentrestant, movia el cap, tot preocupat. De sobte, va preguntar:

—I en Càndid? Que no hi és?

—És que la vella Reveia no té telèfon —va explicar la Teresa.

—Per cert —s'hi va ficar llavors la Ramoneta—, això que ha explicat en Xesc a la Teresa confirma el que havia dit en Càndid: que en Kenta té por.

—Això mateix estava pensant! —contestà en Cili. I va confiar als altres—: Hem de parlar amb en Xesc. Ens ha d'avisar quan aquest home de la maleta negra torni al poble.

—Tens algun pla? —va preguntar en Pau.

—Encara no. Però ja hi pensaré. Hem d'esbrinar aquest misteri!

19
A LA «BASSA», HI PASSEN MOLTES COSES

El divendres següent, a la piscina del poble, hi havia poca gent: tot plegat, un parell de dotzenes de criatures, el senyor Rius, que era l'encarregat, i el senyor Ramon, que era el porter.

Alguns nens es banyaven, d'altres jugaven a la pista de ciment del costat de la piscina, uns brètols feien el bèstia, a l'aigua, sobre una mena de plataforma de fusta, el senyor Rius esbroncava uns i altres, i el senyor Ramon, és clar, venia entrades...

En arribar a la «Bassa», els de la colla van tenir problemes: el Cuca venia amb ells i el senyor Ramon no el deixava entrar.

—Ja sabeu que el senyor Rius no vol gossos a dins! —va explicar l'home.

—Però si el Cuca és molt bon minyó! —va dir la Teresa—. Vós ja el coneixeu...

—Precisament perquè el conec! —va exclamar l'home.

Al final, tant li ho van demanar, que el senyor Ramon, per treure-se'ls de sobre, va dir que faria els ulls grossos, per aquesta vegada. Així el Cuca va poder entrar al recinte... Però no per gaire estona: en Dídac havia estat jugant amb el gos tot el trajecte fins a arribar a la piscina: llançava un ninotet de plàstic lluny, i el Cuca, que aquell dia estava de bones, corria a buscar-lo, l'agafava entre les dents i el duia a en Dídac.

Només d'entrar a la piscina, en Dídac llançà el ninotet lluny, tan lluny, que anà a parar al mig de la colla que feia el ruc sobre la plataforma de fusta. El Cuca no s'ho pensà gens: va fer un gran salt i va caure sobre la plataforma. Hi va haver un gran batibull i nens i gos caigueren a l'aigua. Al cap d'uns moments, el Cuca, tot xop, era expulsat de la piscina.

Després d'aquest incident, els de la colla es van posar els vestits de bany i es van remullar ben remullats. Després, en Cili els va reunir a la part de dalt de la grada, per explicar-los el pla que s'havia empescat per esbrinar el misteri d'en Kenta i l'home misteriós de la maleta negra.

—Escolteu! És molt senzill! —començà en Cili—. En Xesc ens avisarà quan sàpiga que l'home misteriós hagi de visitar en Kenta. Llavors a la cambra d'aquest, ben dissimulat, hi instal·larem un walkie-talkie ben obert, com a emissor... I a la cambra del costat, que és la d'en Xesc, algú de nosaltres, amb un altre walkie-talkie preparat com a receptor, podrà escoltar la conversa...

—I d'on els traurem els... els d'això? —preguntà en Dídac.

—Jo en tinc uns a casa —explicà en Cili—. Són de joguina, però van força bé. No hi ha problema!

—Això d'escoltar converses d'amagat és molt lleig, oi? —va comentar la Ramoneta.

—No en aquest cas! —va dir en Cili, tot seriós—. Estic segur que si podem treure l'entrellat d'aquest embolic, farem un gran favor a en Kenta.

—I qui serà el que escoltarà la conversa? —preguntà en Pau—. Perquè la senyora Cinta, d'ençà d'aquell dia que, a casa seva, tot jugant, jugant, li vam trencar un gerro, no ens vol veure ni de lluny!

—Ja hi he pensat —va dir en Cili. I dirigint-se a en Càndid, li va dir—: Havia pensat en tu, Càndid. La mare d'en Xesc no et coneix, i et deixarà entrar a la casa, amb l'excusa, per exemple, que vas a fer deures amb el seu fill. Què hi dius?

En Càndid va fer un gest amb les espatlles i va dir:

—Per mi, d'acord!

—Doncs tot arreglat! Ara només cal que en Xesc ens passi l'avís.

En aquell moment, es presentà davant d'ells un nou personatge: la Sussi, que havia pujat la grada, saltant per sobre els graons. Portava ja el vestit de bany.

—Hola! —va saludar la noia.

—Hola! —van dir els altres.

—No tens nyigo-nyigo, avui? —preguntà, somrient, la Rocío a la noia.

—No —va respondre l'altra—. Tinc el professor una mica empiocat. Ara, fins dilluns...

—Doncs, a nedar com un peix, Sussi! —digué en Pau, rient.

—Sí, pobra de mi! Amb la por que em fa!

—Et fa por, l'aigua? —preguntà en Càndid, llavors.

—Si n'hi ha molta, sí! —va respondre la noia—. Jo, a la part on hi ha un metre de fondària, encara m'hi trobo, però, més endins...

En Càndid se la mirà un moment i de seguida li va dir:

—Vine, Sussi! Ja veuràs com n'és, de senzill!

I el noi va començar a baixar els graons.

—Però, si em fa pànic! —protestà la Sussi.

Tanmateix, el va seguir.

Durant una estona, en Cili i els altres van estar comentant encara el cas d'en Kenta. Ara l'un, ara l'altre, tots hi deien la seva. En Dídac i en Pau eren els més agosarats a l'hora de buscar una explicació a aquell embolic.

—Si no són els del can-can —va dir en Pau—, són els russos o els americans, els qui persegueixen en Kenta!

—Això, això! Els russos o els americans! —assentí en Dídac.

—O els de la tribu dels apatxes, com diria en Casi! —va dir, rient, la Rocío.

—O uns extraterrestres! —féu, al seu torn, la Teresa, també enriolada.

En Dídac i en Pau se la van mirar, bocabadats.

—Veus, en això no hi havíem pensat, oi Dídac? —va dir en Pau.

Però aquest no el va sentir. Amb la boca oberta, el noi mirava en direcció a la piscina.

—Veieu el mateix que veig jo? —exclamà.

Els altres miraren en aquella direcció, i també es van quedar bocabadats. La Sussi, en aquell moment, travessava la piscina, de llarg, nedant un bon crol, al costat d'en Càndid...

—Ostres! —exclamà en Dídac.

—La mare del Tano! —en Pau.

—Aquest Càndid és un fenomen! —va dir en Dídac—. Primer, el Cuca, després, la Ramoneta, i ara, la Sussi... Aquest noi ensinistra qui sigui!

I per celebrar-ho, els de la colla van anar tots a llançar-se de cap a la piscina.

Una vegada ben remullats, es van dirigir a la pista de ciment, a jugar una estona a bàsquet. Tots, menys en Dídac, que no en tenia mai prou, d'aigua, i havia restat a la piscina.

Van formar dos equips i durant una estona, els de la colla van jugar tot rient, cridant i passant-s'ho bé. La que no s'ho passava gaire bé era la Teresa: guanyava l'equip format per en Pau, la Rocío, la Ramoneta i en Cili, i la noia només feia que esbroncar en Toni, que no n'encertava ni una...

—Corre més, cap d'ós! —li cridava—. I passa la pilota!

En canvi, en Càndid —que era la primera vegada que jugava a bàsquet— ho feia força bé i es veia com n'aprenia de pressa. Amb l'equip de la Teresa jugaven també en Lluïset —el nét del senyor Rius—, que ho feia força bé, i la Sussi, que ho feia molt malament.

De sobte, la Teresa robà una pilota a en Pau i la va passar llarga on era en Càndid. Aquest agafà la bimba, i tot fent botar-la va córrer cap a la cistella contrària. Però, quan es disposava a fer passar la pilota per la cistella, es va aturar de cop, i cridà:

—Dídac!

I arrencà a córrer cap a la piscina, llançant-s'hi sense pensar-s'ho gens. Al cap de poc, davant de les mirades astorades de tothom, en Càndid treia en Dídac, inconscient, de l'aigua.

El senyor Rius, que a més de ser l'encarregat de la piscina, era el practicant, va dur el noi a la infermeria, seguit de totes les criatures. L'home va fer olorar un líquid al xicot, i aquest de seguida es va revenir.

—On sóc? —va ser la primera cosa que va dir en Dídac. I la segona—: Ai! —i es va dur les mans al cap.

—No és res! —explicà el senyor Rius als altres—. Només un nyanyo de la grandària d'un ou...! Es veu que el xicot nedava per sota l'aigua, i en pujar, ha topat amb el cap amb aquella fusta d'aquells animalots!

Al cap d'una estona, en Dídac, tot orgullós amb el seu turbant fet de benes, sortia de la «sala d'operacions», seguit dels altres nois.

Tot seguit, la Teresa i la Ramoneta es van posar a consolar el ferit, omplint-lo de petons, mentre en Dídac es posava vermell com un pebrot dels vermells...

Quan, al cap d'una estona, els de la colla sortien de la piscina, en Cili es va acostar a en Càndid i li va preguntar:

—Escolta, tu, com has sabut que en Dídac havia pres mal?

El noi, com sempre que li feien una pregunta, enrogí una mica.

—Oh, l'he sentit a cridar! —explicà.

—Jo no he sentit res! —va fer en Cili.

—Jo tampoc! —va dir en Pau, que s'havia acostat als altres dos.

—Perquè estàveu engrescats amb el joc i... —començà a explicar en Càndid.

Però en aquell moment precís, els nois van veure que en Xesc corria cap a ells.

—Diumenge! Demà passat! —exclamà el noi, quan va ser al costat dels seus amics—. Diumenge vinent ve l'home misteriós!

De seguida, en Xesc es va veure voltat pels altres, que l'atabalaven a preguntes.

—Com ho saps? Qui t'ho ha dit? Segur?

Quan el van deixar tranquil, el noi explicà:

—Fa una estona, ha sonat el telèfon de casa. M'hi he posat jo i he sentit una veu sinistra que preguntava: «Hi és aquell noi a qui li diuen Kenta?» «No, no hi és!», responc. Llavors l'home ha fet un renec i ha estat uns moments sense dir res; i després ha dit, amb veu encara més tenebrosa: «Quan el veureu, digueu-li que aquell que ell sap, vindrà diumenge al matí». Llavors ha rigut d'una mena de manera que m'ha posat la pell de gallina, i ha afegit: «Digueu-li també que no cal que em vingui a rebre a l'estació!» I ha penjat.

—Ostres! —exclamà en Dídac.

—La mare del Tano! —en Pau.

—Aquell que ell sap! —la Teresa, amb cara de por—. Sembla d'una pel·lícula de lladres i serenos, que diu la mare!

En Cili, al cap d'un moment, va dir:

—Bé, aviat el tindrem aquí! I sabem una cosa: arribarà en tren!

20
EL SECRET D'EN KENTA

Aquell diumenge, poc abans de les deu del matí, els de la colla eren al pont, tot fent el distret; al cap de pocs moments arribava el tren de Barcelona i, amb el tren, l'home misteriós de la maleta negra.

Hi eren tots, fins i tot el Cuca. Tots, menys en Càndid, és clar. Aquest era a casa d'en Xesc, preparat a escoltar la conversa que havia d'aclarir aquell misteri... Ho tenien tot a punt. El walkie-talkie emissor era a la cambra d'en Kenta, dissimulat darrere d'un penja-robes, i l'altre, el receptor, el tenia en Càndid, a la cambra del costat, la d'en Xesc.

En Cili donava les darreres ordres:

—Ei, no fem el boig! Només som aquí per veure quina cara fa l'home de la maleta! Tot el que calgui, ja ho farà en Càndid. Nosaltres, aquí, tranquils, com si res...

De sobte, es va sentir el xiulet del tren.

—L'home de la maleta negra aviat serà entre nosaltres! —va dir, amb veu lúgubre, en Pau.

En sentir-lo, a més d'un se li encongí el cor.

La Ramoneta, sobretot, estava més morta que viva: el seu somriure de sempre havia desaparegut. I en aquell moment, a en Dídac —que encara duia el turbant— se li va ocórrer de fer-li una broma: se li va acostar per darrere, i féu:

—Uuuuuh!

La noia es girà, i sense pensar-s'ho gens, ventà una bufa al bromista.

—Ui! —es queixà en Dídac. I de seguida va reaccionar—: No hi ha dret! Pegar a un malferit!

—Mira, aquesta Ramoneta, com s'espavila! —comentà la Teresa.

La Ramoneta, una mica dolguda, es dirigí a en Dídac, tot dient-li:

—Perdona, noi! Ha estat un reflex!

—Un reflex? —va respondre el noi—. Jo pensava que havia estat una plantofada!

—Va, Ramoneta —intervingué en Toni—. Fes-li un petó i feu les paus!

—Sí, sí! —s'apressà a dir en Dídac, mentre parava la galta.

—Que li faci el Cuca, el petó! —va fer la Ramoneta, tot posant-se vermella.

—Atenció! —va dir en aquell moment en Cili—. Ja vénen els del tren!

Efectivament, de l'altra banda del pont, on hi havia l'estació, una dotzena de persones carregades amb paquets i maletes es dirigien, apressadament, cap al poble.

De sobte, en Pau es posà de cara a la barana del pont i va dir als altres en veu baixa:

—Ja el tenim aquí!

Els altres també es van posar de cara a la barana, mentre miraven de reüll, fent esforços per dissimular, sense aconseguir-ho gaire.

De seguida va passar davant d'ells l'home misteriós. El van conèixer per la maleta negra. Tots van sentir com els cabells se'ls posaven de punta: veritablement, aquell era un personatge de pel·lícula de lladres i serenos, com deia la mare de la Teresa. La cara de l'home era més aviat groga i duia un barret negre, una americana negra, uns pantalons negres, unes sabates negres, uns mitjons negres.

—Sembla de la funerària! —murmurà la Rocío a en Cili.

Quan l'home va haver passat, entrà en acció el Cuca, que havia estat contemplant l'estrany capteniment dels de la colla. De primer, al Cuca se li posaren les orelles dretes, després va començar a grunyir cada vegada més fort, i finalment va córrer cap a l'home de la maleta, bordant com si es cregués un pastor alemany.

L'home, sense pensar-s'ho gens, li etzibà un cop de maleta, al pobre Cuca, que el deixà fora de combat...

En Pau s'apressà a sortir en defensa del gos:

—Ei, vós! Que no n'hi ha per tant! El gos borda, però no mossega!

L'home de negre, amb cara de pocs amics, es va adreçar al noi:

—És teu aquest gos del dimoni? A veure si li ensenyes a no ficar-se amb la gent de bé!

La Teresa, que també s'havia acostat a l'home, va intentar explicar-li:

—És que, sabeu, el Cuca té mania als àrbitres. I perquè vós aneu com ells, tot vestit de negre...

L'home va clavar una mirada a la Teresa que la va deixar gelada; després, va fer un esbufec, i va marxar de pressa en direcció al poble.

Mentre es dirigien cap a la plaça dels Arbres, en Cili i els seus amics van comentar la presència i els fets d'aquell estrany personatge.

—Si voleu saber la meva opinió —va dir en Toni—, jo ho deixaria córrer. Aquest home no m'ha fet gens de gràcia. Però gens, eh!

—I al Cuca tampoc! —comentà la Rocío.

—No, tampoc —va fer en Dídac, amb veu fosca—. El Cuca ha estat la primera víctima!

—Ep, tu, frena! —va fer en Pau—. No diguis aquestes coses, que m'agafa no sé què!

En arribar a la plaça, van seure en un dels bancs, esperant.

Van haver d'esperar prop d'una hora. Eren ja dos quarts de dotze, quans els de la colla van veure arribar en Càndid. El noi caminava tranquil, sense presses...

Com és natural, en Càndid aviat es va trobar voltat pels seus amics. De seguida començà:

—És el que crèiem. L'home de la maleta és la causa de la por d'en Kenta. —I va explicar—: Segons sembla, en Kenta, al seu país, es va posar en contacte amb una organització internacional d'ajuda als països pobres, una que es diu Pro Tercer Món. Aquests li van facilitar tota la documentació per entrar al nostre país i fins i tot un permís per treballar aquí. En Kenta va desembarcar a Barcelona, però de seguida va veure que allí hi havia massa gent. Un dia va agafar el tren i se'n va venir a Collpelat: algú li havia dit que aquí li seria fàcil de trobar feina. Una vegada al poble, va entrar a treballar a la Collpelatenca i... ara ve quan el maten, que diu la Teresa.

—Què? Què? —van fer els altres.

—Resulta que a en Kenta el van ensarronar —va continuar en Càndid—: la documentació era falsa!

—Oh! —van fer els altres.

—Així, resulta que en Kenta és al nostre país de forma il·legal? —preguntà en Cili.

—Sí! —assentí en Càndid—. Però ell no en té la culpa. Ell va pagar, trinco-trinco, el que li van demanar, i quan va venir a Collpelat, estava ben tranquil.

—Llavors? —va fer un.

—Llavors, resulta que, al cap de poc temps, va rebre la visita de l'home de la maleta negra... Aquest li va fer saber que la seva documentació era falsa, i que si no li donava cada mes una part del que guanyava, el denunciaria a la policia...

—Bufa! —va fer en Toni.

—La mare del Tano! —en Pau.

—Pobre noi! —digué la Teresa, eixugant-se les llàgrimes.

—Quin bandarra! —va declarar la Rocío.

—Així, és cosa de xantatge! —va dir en Cili—. Ja ho té ben malament, el pobreKenta!

—Sí, té mala peça al teler! —va assentir en Càndid—. Si es descobreix l'embolic, l'home de la maleta va a parar a la presó, però a ell, el treuen del país. I això, sense tenir-ne cap culpa.

Durant uns moments, tots van restar capcots, sense dir res, pensant en el cas del pobre Kenta. Després, en Pau va dir:

—El que no entenc, és què té a veure tot això amb el fet que en Kenta no vulgui que se sàpiga que sap jugar a futbol!

—Molt senzill! —va dir en Cili—. Si els documents són falsos, corre el risc que, si fitxa per un club de futbol, es descobreixi l'embolic. Ja saps que, en el cas dels jugadors estrangers, després de tantes martingales com hi ha hagut, a la Federació de Futbol es mira molt prim.

—I a més —va intervenir en Càndid—, com més cèntims guanyi en Kenta, més n'haurà de donar a aquell barrut.

—Oh, i encara més! —va dir en Pau—. El pot obligar a fitxar per un equip dels bons, per estafar-li més calés!

—Exacte! —va assentir en Cili, que, després d'una pausa, va afegir—: De tota manera, alguna cosa hem de fer.

—Tens algun pla, Cili? —preguntà la Ramoneta.

—No, Ramoneta! —féu, tristament, el noi—. La cosa és massa seriosa perquè la resolgui un de sol. Aquesta tarda, trobem-nos aquí.

Ja era hora de dinar. S'acomiadaren, i cadascú se'n va anar a casa seva, tristos i capcots.

Quan en Cili va arribar a casa seva, l'àvia ja parava taula.

—Cili, dinarem tot seguit —digué—. Avisa la Rosó, que es renti les mans. És a la teva cambra, fent no sé què.

Quan en Cili entrà a la seva cambra i va veure el que feia la seva germana petita, es va posar fet una fera:

—Rosó, ets una totxa! Quantes vegades t'he de dir que...

De sobte callà en sec, i restà amb la boca oberta i els ulls ben esbatanats, quan va veure amb què estava jugant la Rosó.

21
QUI ETS TU?

En Cili va dinar, com qui diu, en una esgarrapada i després es va tancar a la seva cambra. Es va estirar al llit i s'hi va estar una llarga estona, fent barrinar el cap.

De sobte, es va aixecar tot decidit, va sortir de la cambra, va traspassar el menjador, sense dir res a ningú, i sortí al carrer.

—Aquest noi està cada dia més liró! —va comentar la Rita, davant de l'estrany capteniment del seu germà.

—Què dius, noia? —va preguntar la seva àvia, traient-se un moment els auriculars.

—Que a aquest Cili li falta un bull! Tan aviat riu com un beneit, com fa uns morros de pam!

—És cosa de l'edat! —va sentenciar l'àvia—. Ja li passarà amb els anys!

—De l'edat? —va contestar la noia—. D'ençà que el conec, que és així!

En Cili, en sortir de casa seva, es va dirigir cap al carrer de l'Església. Quan va arribar davant de la casa de la vella Reveia va veure en Càndid que jugava amb el Cuca, com feia sovint.

—Hola! —va dir en Cili.

—Hola! —va dir en Càndid—. Ja has dinat?

—Sí, ja ho he fet! —respongué en Cili—. Què te'n sembla, de fer un volt?

L'altre noi se'l va mirar una mica estranyat i, sense dir res, es va posar a caminar al costat d'en Cili, carrer de l'Església amunt.

—Com t'hi trobes a Collpelat, Càndid? —va preguntar en Cili.

—Com el peix a l'aigua! —va respondre l'altre, molt convençut—. És un poble bonic, Collpelat, amb una gent molt trempada. Encara que, el poble, no el conec bé del tot.

En aquells moments, els dos xicots arribaven davant de l'església. En Cili va proposar:

—Mira, si vols conèixer bé el poble, podríem pujar al campanar; a dalt hi ha una mica de terradet des d'on es veu tot el poble i els seus voltants.

—Va bé!

Al cap d'un moment, els dos xicots, respirant amb dificultat per l'esforç de la pujada, eren a dalt del campanar. D'allí estant, en Cili va explicar a en Càndid què era cada cosa. Després, els dos nois van estar-se una estona sense dir res.

—Bé, Cili, ja estem sols —va dir, finalment, en Càndid—. Què em volies dir?

L'altre se'l va mirar estranyat. En Càndid va afegir:

—Suposo que no m'has fet pujar aquí dalt només per contemplar el paisatge!

En Cili no va dir res. Es va mirar un moment el seu amic i després es va treure una cosa de la butxaca i ho va ensenyar a en Càndid.

—Saps què és això, Càndid? —va preguntar. I sense cap resposta de l'altre, va continuar—: Són unes piles, les que havien d'anar a un dels walkie-talkie. Sense aquestes piles, l'aparell no podia funcionar.

En Càndid abaixà el cap. Se'l veia trist i abatut. En Cili va continuar:

—Càndid, d'on has tret aquesta història d'en Kenta i l'home misteriós?

—La història és certa! —va afirmar en Càndid, alçant el cap.

—Aleshores, hauries d'explicar-me com l'has sabuda... —va dir en Cili. S'aturà un moment, i de seguida va afegir, ara amb veu plena d'emoció—: I, de passada, m'expliques també el cas de l'accident d'en Dídac a la piscina.

En Càndid tornà a abaixar el cap, sense dir res. En Cili, llavors, va preguntar:

—Qui ets tu, Càndid?

En Càndid trigà una estona a respondre. Se'l veia trasbalsat. Al final, va fer un sospir i digué:

—És una història... molt estranya. Te l'explicaré, Cili, però m'has de prometre que mai, mai, no la contaràs a ningú! A ningú!

—Primer la història, Càndid! —va dir en Cili, amb una mica de duresa.

En Càndid féu un nou sospir i explica:

—La cosa va començar quan jo tenia sis anys. Vivia amb la meva mare i el meu avi; el meu pare havia mort quan jo era molt petit. Vivíem en una caseta als afores d'un poblet, en un altre país, molt lluny d'aquí. La meva mare treballava en una botiga del poble; el meu avi era professor universitari en una ciutat propera —el noi va fer una pausa, i després va continuar amb veu tremolosa—: Tot va començar com un joc... A vegades m'imaginava que ordenava a la meva mare que em cantés una cançó, i la meva mare em cantava una cançó. O que el meu avi m'expliqués un conte, i ell m'explicava un conte. Encara que era molt petit, vaig adonar-me que podia manar als altres el que fos, només amb el meu pensament. Vaig intentar explicar aquestes coses estranyes a la meva mare i al meu avi, però ells no em van creure: tenia massa imaginació, deien. En aquell temps, la meva mare sortia amb un home, un home foraster; parlaven de casar-se. Jo no m'estimava gens aquell home, i jo diria que ell tampoc no m'estimava gens a mi. Un vespre, quan ja era al llit, vaig sentir crits a baix, a la sala. Em vaig alçar i des de l'escala vaig veure que la meva mare i aquell home discutien... L'home deia que, quan es casessin, anirien a viure a la ciutat i que no volia l'avi amb ell, i que encara gràcies que m'hi volgués a mi! Deia que... que, a mi, ja em faria passar per l'adreçador! De sobte, l'home va amenaçar amb un puny la mare. Jo, llavors, fet una fúria, vaig ordenar-li... mentalment, que caigués desmaiat. I l'home va caure a terra sense sentit! De seguida em vaig girar per fugir cap a la meva cambra, però vaig restar clavat al lloc: davant meu hi havia el meu avi. Ho havia vist i sentit tot! Ell em va agafar en braços i em va dur a la meva cambra; em posà al llit i es va asseure prop meu. Em va observar amb mirada trista. «Càndid —em va dir—, mana'm alguna cosa de la manera que ho saps fer tu.» Jo deia que no, que no ho volia fer; però ell va insistir-hi. Llavors li vaig «manar» que em fes un petó a cada galta. Ell em va agafar, em va fer un petó a cada galta i em va estrènyer contra el seu pit; em va semblar que plorava. Al cap d'una estona, la meva mare va pujar a la meva cambra. Va dir que aquell home havia vingut molt nerviós, que fins i tot li havia agafat un treball. Ara ja era fora. Tres mesos més tard, la meva mare es casava, i amb el seu nou marit sortien de viatge de noces. Al cap d'uns dies, el meu avi va escriure una llarga carta per a la mare, i em va dir que, tots dos, aniríem lluny, molt lluny... Ell em va explicar que això era el millor, tant per a mi com per a la mare, que quan fos més gran ja ho entendria. Ell, llavors, ja s'havia convençut que jo era capaç de manar qualsevol cosa a una altra persona amb el pensament i que fins i tot podia saber el que pensaven els altres. Més tard, vaig saber que també podia rebre les sensacions fortes d'altra gent, com en el cas d'en Dídac. Aquell dia a la piscina, de cop vaig sentir dins del meu cap com un sotrac molt fort:

era la crida de socors d'en Dídac, que s'estava ofegant... El meu avi em va fer prometre que no usaria els meus... poders fins que fos més gran. Un dia vam agafar un vaixell i vam arribar, al cap d'un parell de setmanes, en aquest país. Aquí, ell i jo hem viscut durant quatre anys amagant-nos de la gent, anant d'un cantó a l'altre. Finalment, vam anar a parar al Pallars. La història que us vaig contar és veritat. Quan vaig complir deu anys, el meu avi em va explicar per què eren molt perilloses aquestes facultats mentals meves: si alguna persona dolenta les descobria, podria obligar-me a fer malvestats en benefici d'ell. Aquesta persona, segons el meu avi, podria dominar a qui volgués a través meu. Ell em va dir que, quan fos gran, podria usar aquests poders meus per fer el bé, però sempre que estigués ben segur que no fossin descoberts. Poc temps després, el meu avi moria. —El noi va fer una pausa, i amb un mig somriure, va afegir—: El cas és que no he esperat a ser un home gran, per usar els meus... poders.

—Així la història d'en Kenta...—començà a dir en Cili.

—Ja la sabia d'ençà d'aquell dia que el vam espiar a can Pitoi. Quan el vam descobrir, vaig sentir dins del meu cap un gran sentiment de por, que venia d'en Kenta. I em vaig decidir a «llegir»» el seu pensament per saber quina era la causa de la seva por, per veure si el podíem ajudar...

Els dos nois restaren silenciosos una bona estona. En Cili havia quedat molt impressionat per la història d'en Càndid.

—Les deus haver passades molt magres, tots aquests anys, oi? —va dir, finalment, en Cili.

—Al principi enyorava molt la mare, després... després ja m'hi vaig acostumar, a estar sense ella... De tota manera, el meu avi era una persona extraordinària. Era un gran savi i una gran persona. Em va ensenyar moltes coses. —I afegí, somrient—: Entre altres, a conèixer bé els gossos. Per aquests mons de Déu, sempre se'n troben, de gossos, abandonats a la seva sort. Sempre vam tenir la companyia d'un o dos gossos...

—Així, això del Cuca?

—Amb el Cuca no he fet cap trampa, que consti! —va dir, rient, en Càndid.

—I amb la Ramoneta i la Sussi? —preguntà en Cili, també somrient.

—Bé, una mica... —respongué l'altre, posant-se a riure.

En Cili, de sobte, es posà seriós i va dir al seu amic:

—Però, ara... resulta que jo conec els teus poders. I el teu avi havia dit...

—Sí, que ningú els havia de conèixer. Però, abans de morir, també em va dir que seria molt difícil, per a mi, viure sense que ningú conegués aquests poders meus. I que, alguna vegada, trobaria una persona com cal a qui podria confiar el meu secret —i somrient, va afegir—: I ja he trobat aquesta persona.

En Cili se'l va mirar i li va dir:

—No cal que et prometi que...

—No, no cal! —s'apressà a respondre en Càndid—. Ets prou llest per adonar-te que si es conegués aquest secret meu, seria molt perillós per a mi... i també per a d'altres persones.

En Cili, de cop, va exclamar:

—Escolta, tu podries resoldre aquest problema d'en Kenta!

—Com? —va dir l'altre—. Jo no puc fer que els papers d'en Kenta deixin de ser falsos...

—És clar!

—Aquest cas d'en Kenta és molt embolicat —va dir en Càndid, tot movent el cap—. No sé pas si té solució.

—De tota manera —va dir en Cili—, amb els de la colla ho hem d'intentar!

—Això sí, Cili! —va fer en Càndid, tot convençut—. Ho hem d'intentar!

Anaven ja a baixar les escales del campanar, quan en Cili aturà el seu amic i li va dir:

—Escolta, Càndid! Ara que estem sols... per què no em fas una demostració?

En Càndid se'l mirà seriós i després va somriure:

—Bé! —va dir—. Però, no t'hi acostumis!

El noi es va concentrar una estona... i de cop en Cili es va posar cap per avall, tot fent la vertical, i va començar a caminar amb les mans per terra del petit terradet...

22
EL MISTERI CONTINUA

A un extrem del poble, hi ha una placeta anomenada plaça del Pi. Aquesta plaça deu el seu nom al fet que, anys enrere, hi havia un pi d'aquells dels grossos plantat al bell mig. El pi va ser tallat per ordres de l'antic Ajuntament; en lloc de l'arbre hi aniria una font, deien. Però va passar el temps i la font, els veïns, se la van pintar a l'oli, i ara, a la plaça del Pi, no hi ha ni font ni pi.

Els veïns feia temps que reclamaven «el seu pi». El nou Ajuntament havia promès que, per la festa major, la plaça del Pi tornaria a tenir pi, i el veïnat ja preparava la festa per celebrar l'esdeveniment. Aviat s'acabaria aquella broma poca-solta que alguns collpelatencs feien als veïns de la plaça, quan preguntaven: «I on l'heu amagat, el pi?».

La plaça del Pi era un lloc silenciós, tranquil. Però en aquells moments allí no hi havia ni tranquil·litat ni silenci: en Cili i els seus amics havien decidit d'anar-hi a jugar, aquell dilluns a la tarda perquè, per allí, no hi passaven cotxes ni gairebé gent.

Els nois jugaven a saltar i parar i els crits i les discussions omplien la plaça. En Salvi, l'amo de l'única botiga de la plaça, una barberia, s'ho mirava des de la porta del seu establiment. En aquells moments no tenia clients.

En Salvi els coneixia bé, tots els de la colla. Era un home molt trempat i ple de paciència, i per aquesta raó les mares portaven els seus nens a la barberia d'en Salvi a fer-los pelar.

—Vinga, Teresona, que no sigui dit! —animava l'home—. Apa, Tonet, que això no és res per a tu!

Aviat en Salvi va tenir companyia: un home de mitjana edat, viatjant de comerç, es va presentar davant d'ell amb la maleta i li va dir:

—Bon dia! Que em podríeu tallar els cabells?

—Prou! —va fer el barber—. Però espereu un moment, que salti aquell més alt. Ho té difícil. Molt bé, Pauet!

Mentre els dos homes entraven a la barberia, el viatjant va comentar:

—Veig que els coneix bé, aquests xicots.

—Oh, i tant! —va fer en Salvi—. Si els he pelats dotzenes de vegades! Els nois, tots! I fins i tot alguna de les mosses, quan eren xiques!

Els de la colla jugaven a plantats. Un darrere l'altre saltaven per sobre l'esquena del ruc, que en aquell moment era la Rocío. En saltar, havien de restar drets, sense moure's i sense tocar els altres. Només quedaven per saltar en Dídac i en Cili. En Toni, quan li tocà el torn, havia saltat poc, i gairebé no havia deixat espai als altres... En Pau havia superat la prova, però, ara, els altres dos no ho tenien gens fàcil.

En Dídac estudiava la situació amb ull expert:

—Renoi! És difícil! —va declarar—. És clar, aquest repallús, o com es digui, s'ha plantat davant mateix del ruc!

—Cadascú es planta allà on vol! —es defensà en Toni.

Per acabar-ho d'arranjar, el Cuca anava tot esverat d'un cantó a l'altre, amb la llengua fora i remenant la cua...

—Surt d'aquí, cap-gros! —va cridar en Cili.

Però, just quan en Dídac saltava, el gos se li creuà, i noi, gos i Rocío van anar per terra...

—Pares, Dídac, pares! —va cridar la Rocío mentre s'aixecava.

PLAÇA DEL PI
BARBERIA

—Butifarra! —va protestar el noi—. El Cuca m'ha entrebancat!

La discussió hauria estat llarga, si no s'hagués presentat, en aquell moment, la Sussi. La noia venia tota sufocada de tant córrer.

—Nois, que difícil que és trobar-vos! —va ser la primera cosa que digué la noia—. Us he estat buscant per tot el poble! Porto notícies!

Els altres de seguida van deixar la discussió i van envoltar la noia, fregint-la a preguntes:

—De qui? De què? Explica't! Què ha passat?

—Ai, deixeu-me seure! Vinc rebentada!

I sense cap cerimònia, es deixà caure de cul a terra. Els altres van seure al seu voltant, disposats a escoltar-la.

—Aquest matí, he agafat el tren de Barcelona per anar a classe. Jo que m'assec tranquil·lament, quan de sobte gairebé se'm glaça la sang! L'home misteriós de la maleta negra seia davant meu! Si em punxen, no em treuen sang!

—T'ha parlat? T'ha dit alguna cosa? Què feia? —van dir els altres.

La noia explicà:

—Tot el viatge se l'ha passat dormint com una marmota! —i aleshores, amb veu misteriosa, va continuar—: I ara ve quan el maten!

—Qui...? —començà a dir en Dídac.

Però en Pau li va tapar ràpidamente la boca.

—En arribar a Barcelona —va continuar explicant la noia—, me n'anava tota tranquil·la cap a casa del senyor Serrat, el meu mestre, quan m'he adonat que l'home em seguia!

—No! —van fer els altres.

—No! —va fer la Sussi—. No em seguia; només m'ho havia semblat! M'he aturat un moment davant d'un aparador i l'home ha passat de llarg.

—Llavors, què? —va preguntar la Teresa.

—Llavors, jo l'he seguit a ell!

—No! —van fer els altres.

—Sí! —va fer la Sussi—. No ha estat gens difícil. Al cap de cinc minuts, l'home entrava a un gran edifici. I sabeu quin edifici era? El de la Pro Tercer Món!

Els altres van restar amb la boca oberta.

—L'organització on en Kenta va tramitar els seus papers!

—Sí! —va fer la noia, i va continuar explicant—: Aleshores he tingut una idea lluminosa. He entrat a l'edifici i he preguntat a un home que feia de porter: «Escolteu, bon home. M'ha semblat veure un oncle meu que treballa en una companyia d'aviació. Aquest senyor que acaba d'entrar, no es diu pas Valentí Rafeques?» «No!», m'ha contestat el porter. «És el senyor Martí i treballa aquí!».

—Treballa a la Pro Tercer Món! —va fer la Rocío, obrint molt els ulls.

—Sí —va cridar la Sussi. Llavors la noia es mirà els seus amics i, tota satisfeta, va dir—: Eh, que sóc llesta?

—Molt —digué en Dídac, tot convençut.

—Ara ja sabem on és la cova dels lladres! —va dir en Pau, amb veu lúgubre.

—Ep, para el carro, Pau! —va dir la Sussi—. Encara hi ha més coses!

—Sí? —van fer els altres.

—Sí! —va fer la noia—. Quan anava a començar la classe, he recordat que el meu mestre ha recorregut mig món i part de l'altre... i que coneix mig Barcelona. I li he preguntat: «Senyor Serrat, vós coneixeu una organització que es diu Pro Tercer Món?» «I tant, que la conec», m'ha respost ell, fins i tot el director de la Pro Tercer Món de Barcelona és un bon amic meu, el senyor Bofill!» Aleshores jo, tota llesta, li dic amb cara d'innocència: «A mi m'han dit que aquesta Pro Tercer Món es dedica a escurar les butxaques de la pobra gent del Tercer Món!» Ui, llavors, ell! S'ha posat tot exaltat i m'ha dit que allò era una bestiesa de les més grosses! Que la Pro Tercer Món era una organització que feia molt de bé, i que fins i tot, fa uns anys, va guanyar el Premi Nobel de la Pau! El senyor Serrat diu que la Pro Tercer Món té sucursals arreu del món i que rep ajut de molts governs.

Els altres, davant d'aquestes notícies, es van quedar com aquell que veu visions...

—Sí que és estrany! —va dir en Cili—. Això no lliga gaire!

—Més aviat no lliga gens! —féu en Càndid—. Una organització tan important i que fa tant de bé, i el pobre Kenta l'enreden i li fan documents falsos!

En Cili va reflexionar uns moments, i de seguida va dir als altres:

—Hem d'esbrinar tot aquest misteri! Sabeu què us dic? Que hem de treure la caixa dels trons!

—I on és aquesta caixa? —va preguntar en Dídac amb cara d'estranyat.

—Noi, Dídac! —va intervenir la Teresa—. T'haurem de comprar un diccionari de frases fetes, perquè t'hi entenguis una mica!

—Quina idea tens, Cili? —preguntà llavors en Pau.

—Hem de fer una visita a la Pro Tercer Món! —va dir el noi.

—Tots? —preguntà la Teresa.

—No. Un parell de nosaltres. Estic segur que allí trobarem la clau d'aquest trencaclosques!

—Sí, mira, anar a Barcelona. Com si fos tan fàcil! —remugà en Toni.

—Algun de nosaltres hi té família! —va explicar en Cili—. Jo mateix, puc trucar al meu cosí i dir-li que em telefoni per convidar-me a passar un parell de dies a Barcelona.

—I jo hi tinc la meva germana gran —va dir la Teresa—. Puc fer el mateix que tu.

—Doncs ja està decidit! Teresa, demà anem a Barcelona, a veure aquests senyors de la Pro Tercer Món!

23
UNA VISITA A LA PRO TERCER MÓN

Les coses els havien sortit rodones, a la Teresa i en Cili, i el dijous següent, al matí, eren a Barcelona. Seguint un plànol que els havia fet la Sussi, els dos amics no van tenir cap dificultat a trobar la seu de la Pro Tercer Món a Barcelona.

En entrar a l'edifici, el porter els va preguntar:

—Ep, menuts, què voleu?

—Venim a veure el senyor Bofill —explicà en Cili.

L'home va arrufar les celles i va dir:

—El senyor Bofill? Que us espera?

—No! —va fer la Teresa—. No el coneixem. Però és un cas com un cabàs, sabeu, el que volem exposar-li.

En Cili, dissimuladament, va donar un cop de colze a la Teresa, i va dir al porter:

—Bé, senyor, hem vingut de fora per un afer molt important...

El porter va continuar arrufant el nas.

—El senyor Bofill és un home molt important, nanos, que sempre té un munt de feina i moltes reunions. No us rebrà pas!

—Però, és que l'hem de veure! —insistí en Cili—. Va, senyor, pregunteu-li, almenys, si ens pot rebre.

L'home va dubtar un moment, i després, tot movent el cap, els va dir:

—Ho intentaré! Però no us feu gaires il·lusions! Espereu un moment.

Mentre els dos nois esperaven, tafanejaren per allí: les parets de la sala d'entrada de la Pro Tercer Món eren plenes de cartells. En un es demanaven metges, en un altre queviures, per a tal o tal altre país llunyà...

—Has pensat alguna cosa, Cili? —preguntà la noia.

—Més o menys —va contestar en Cili, no gaire convençut.

—Saps què? —va proposar la Teresa—. Podríem dir que volem adoptar un negret...

—No diguis bajanades, noia! —va dir en Cili—. Si diem això, el senyor Bofill segur que ens treu d'aquí a garrotada seca!

En aquell moment es presentà el porter:

—Nois, no hi ha res a fer! —va dir—. El senyor Bofill té una visita important.

—Oh! —van fer els altres dos, decebuts.

Llavors l'home va somriure i els va dir:

—De tota manera, he parlat amb la secretària del senyor Bofill i diu que us rebrà uns instants.

—Més val això que res! —va fer en Cili—. I on és aquesta senyoreta?

L'home assenyalà una porta, al fons de la sala, i els va dir:

—Entreu allí i pregunteu per la senyoreta Cecília.

La Teresa es posà a riure.

—Què és el que et fa riure, nena? —demanà l'home, una mica mosca.

—És que aquest es diu Cecili, sap? —explicà la noia, sense parar de riure—. Ja coneixia un Cili i ara coneixeré una Cila!

En Cili agafà un braç de la noia i d'una estrebada se la va endur cap a la porta.

—Teresa, no comencis a fer el ximple! —la va renyar—. Més val que, allà dins, facis com en Casi —i fent un gest amb dos dits de la mà com si es tanqués la boca, va dir—: Tu, cremallera!

Dins del despatx hi havia un noiet de poca alçada una mica més gran que els altres dos, vestit d'uniforme, amb cara de presumit.

—Vostès són els qui volen veure la senyoreta Cecília, joves?

En Cili i la Teresa es van girar, per veure a qui anava dirigida tanta cerimònia. En adonar-se que els «vostès» eren ells, tots dos van fer un moviment amb les espatlles. En Cili va dir, amb to mofeta:

—Us seria molta molèstia, senyoret, d'anunciar la nostra presència a la senyoreta Cecília?

El noi féu un posat com si dubtés i no va dir res. La Teresa s'impacientà de seguida:

—Ei, tu, baldufa, ens deixes entrar sí o no?

En aquell moment, es va obrir una porta i es va presentar davant d'ells una dona d'uns trenta anys, alta i seca, amb ulleres:

—Sou la senyoreta Cila, vós? —preguntà la Teresa.

—Cecília, nena, Cecília! —rectificà la dona, amb veu dolça—. Entreu, entreu...

En Cili i la Teresa van entrar en un gran despatx, seguint la secretària del senyor Bofill. La dona els féu seure davant de la seva immensa taula de despatx, en unes butaques també immenses.

—Ostres! —va fer la Teresa, començant a botar sobre la seva butaca—. En una d'aquestes butaques hi cabríem tots els de la colla, comptant-hi fins i tot el Cuca!

—Calla, tanoca! —li va etzibar, en veu baixa, en Cili, a la noia.

La dona s'assegué al seu torn, posà els colzes sobre la taula, amb les mans aguantant-se la barbeta, i va dir:

—Bé, petits, expliqueu-me el vostre cas.

—Doncs, veurà, senyoreta —va començar en Cili—. El cas és que tenim un amic que viu a Nigèria i ens ha escrit una carta demanant-nos un favor: que l'informéssim sobre què havia de fer per venir a treballar al nostre país.

—Alça! —exclamà la Teresa, en veu baixa, davant la imaginació del noi.

La dona va esguardar en Cili per sobre les ulleres, i va dir:

—De Nigèria? Ja és ben estrany! Allí hi tenim casa... Com és que aquest amic vostre no s'ha dirigit a la Pro Tercer Món d'allà baix?

—És que viu cap a dintre, sap? —aclarí en Cili.

—Cap a dintre d'on? —va preguntar la dona, estranyada.

—Cap a dintre de Nigèria, és clar! —va intervenir la Teresa—. És que, sap, senyoreta Cila...

—Em dic Cecília, bonica! —la tallà la dona, ara ja amb no tanta dolcesa. I dirigint-se a en Cili, va dir—: Bé, aquest home viu a l'interior de Nigèria... Aleshores, el que heu de fer... —de sobte la dona calla i preguntà, amb veu desconfiada—: I de què el coneixeu, aquest home?

En Cili respongué tot seguit:

—És que el meu pare hi ha treballat uns anys, allà baix, fins fa poc, sabeu?

—Ostres! —tornà a exclamar la Teresa, per a ella, admirada.

—I, llavors, per què no ve el teu pare, a interessar-se pel cas d'aquest home? —va preguntar la dona.

—És que... —el noi va fer un esforç d'imaginació, i finalment explicà—: És que, allà baix, el meu pare va enganxar el mal de la son, sap? Li va picar una mosca d'aquelles, i fa tres mesos que dorm.

—Ja! —féu la dona, amb veu agra—. Li va picar una mosca tse-tse i fa tres mesos que dorm... Llavors, que vingui la teva mare.

—És que... És que la mare no es mou del costat del pare, sabeu?

—És clar —féu la dona, cada vegada amb cara de més pocs amics—. Per si es desperta el teu pare, oi? —i llavors esclatà—: Et penses que tinc llana al clatell, vailet?

—Però, senyoreta Cila... —començà a dir la Teresa.

—Cecília! —cridà la dona, tot alçant-se.

En aquell moment, entrà un senyor gran, de cabells blancs:

—Què són aquests crits, senyoreta Cecília? —va dir l'home amb veu bondadosa.

—Aquest parell de nyèbits, que em treuen de polleguera, senyor Bofill! —es queixà la dona, cridant.

—Va, dona, va —la va calmar el senyor. I mirant-se, amb un somriure, en Cili i la Teresa, va dir—: Però si fan cara de ser molt bons minyons, aquest parell...

Aleshores, l'home agafà una cadira i va seure prop dels dos nois.

—Vejam, vejam, menuts, expliqueu-me de què va la cosa.

La Teresa s'avançà a en Cili a parlar:

—Senyor Bofill, clar i net: nosaltres volem ajudar a un amic nostre, que viu a Nigèria, que vingui al nostre país a treballar... Però no ens fiem un pèl de vostès!

—Nena! —cridà la senyoreta Cecília—. Quin atreviment és aquest!

—Calla, d'una vegada, capsigrany! —cridà al mateix temps en Cili.

L'home s'ho va prendre rient, mentre que en Cili intentà arranjar la cosa:

—És que, sabeu senyor Bofill?, hem sentit a parlar que, en algun cas, els papers que fa la Pro Tercer Món per poder viure i treballar al nostre país són... són falsos.

A l'home se li gelà el somriure de cop.

—Això és intolerable! —va fer la secretària, feta una fúria—. Senyor Bofill, em doneu permís per treure d'aquí aquest parell de brètols?

—Calma, dona, calma! —va dir l'home, ara amb cara de preocupació. I dirigint-se a en Cili, preguntà, amb veu cordial—: Escolta, xicot... Per cert, com us dieu?

—Jo Teresa! —va intervenir la noia—. I aquest Cili, com ella —i assenyalà la dona—, però en nen! Ai!

En Cili li havia dat un altre cop de colze.

El senyor Bofill, aleshores, acostà la seva cadira més a prop d'on eren els nois, i explicà amb veu calmosa:

—Escolteu... no crec posible que cap de les nostres cases arreu del món es dediqui a falsificar documentació... Però, escolteu-me bé: si de cas —cosa que jo, repeteixo, no crec—, si de cas es presentés a la Pro Tercer Món de casa nostra alguna persona amb la documentació falsa, i ell no en tingués cap culpa, llavors, nosaltres li faríem de nou la documentació i santes pasqües!

—Segur? —preguntà en Cili.

—Segur! —afirmà l'home.

—Ens ho jura? —preguntà, el seu torn, la Teresa.

—La gent sol creure en la meva paraula, nena! —va dir l'home somrient.

—Visca, visca! —van exclamar els dos nois, tot alçant-se de les butaques.

—Nois, una mica de compostura! —va dir la Cecília, enfadada.

Quan els nois es van calmar i van tornar a seure, el senyor Bofill els contemplà uns moments, i després, amb veu seriosa, els va dir:

—I ara, minyons, m'explicareu el cas d'aquesta persona a qui li han fet els papers falsos, oi?

—Es diu Kenta, senyor Bofill —explicà en Cili—. És un xicot negre que viu a Collpelat, el nostre poble. Va venir fa un parell d'anys de la Guinea Equatorial...

—Senyoreta Cecília —ordenà l'home a la seva secretaria—. Porteu-me l'expedient d'aquest tal Kenta.

La dona sortí un moment del despatx, i de seguida tornà amb una carpeta, que lliurà al senyor Bofill. Aquest va començar a consultar els papers.

—No hi ha cap dubte...! És clar com l'aigua! —anava dient.

—Veieu com són falsos, senyor Bofill? —va dir en Cili.

L'home se'l mirà i va dir:

—La documentació d'aquest xicot, Cili, no és falsa... Els papers són ben bons, amb tots els ets i uts!

—Quin bandarra! —exclamà, llavors, la Teresa.

—Nena! —cridà la secretària—. Com goses...?

—No es refereix a vós, senyor Bofill —s'apressà a aclarir en Cili—. Veureu, és que al pobre Kenta...

Quan acabà d'explicar la història, al senyor Bofill se'l veia ben aclaparat.

—Així, que el senyor Martí... —digué, tristament—. Sembla mentida!

—No us hauríeu d'estranyar, senyor Bofill —va intervenir la dona—. Recordeu el cas d'aquella noia de Guatemala... Mai no es va descobrir qui fou el xantatgista. Però, la informació va sortir del despatx del senyor Martí!

L'home va fer que sí amb el cap, i dirigint-se als dos nois, somrient amb tristesa, els va dir:

—La gent d'aquest poble, de Collpelat, deuen estar ben orgullosos de tenir uns xicots tan ferms com vosaltres dos i els vostres amics.

I aleshores s'alçà, agafà el telèfon i digué:

—Senyoreta Emília, poseu-me amb la policia...

24
«XURRERIA WEMA»

Un parell de dies més tard, tots els diaris del país anaven plens de la notícia: Uns valents xicots d'un poblet del Bages havien descobert un perillós xantatgista que, gràcies als informes que obtenia pel seu càrrec a la Pro Tercer Món, esquilava una colla de pobres nois i noies estrangers que havien vingut a treballar al nostre país.

La notícia, a Collpelat, causà sensació, com és natural. I el dijous següent, a dos quarts de quatre de la tarda, al poble no s'hi veia una ànima. A aquella hora, els nens parlaven per la televisió! Tothom, davant del televisor, va poder contemplar els petits herois, que explicaven... Bé, la veritat és que explicar, explicar, no explicaren gran cosa. Els nois insistien que, tot plegat, va ser a causa d'un pressentiment. I d'aquí no els treien. No podien pas esbombar que es dedicaven a escoltar, d'amagat, les converses d'altri!

El senyor Martí, l'home de la maleta negra, fou empresonat. Al compte corrent del seu banc hi tenia molts diners; no solament els que havia anat traient a aquella pobre gent a qui feia xantatge, sinó també tret d'estafes fetes a la mateixa Pro Tercer Món.

Al cap de pocs dies, a en Kenta se li tornaren els diners que havia lliurat al senyor Martí en aquells dos anys. Un mes més tard, en Kenta obria la seva somiada xurreria.

La Xurreria Wema s'inaugurà el darrer diumenge d'agost. El perquè del nom de la xurreria era un secret. En Kenta deia, a qui li ho preguntava, que aquell secret ja se sabria en el moment oportú.

Uns dies abans de la inauguració de la nova botiga, en Kenta va posar un cartell a la façana de la futura xurreria:

DIUMENGE, DIA TAL,
A LES 9 DEL MATÍ
INAUGURACIÓ DE LA

XURRERIA
WEMA

XURROS, PATATES FREGIDES,
XOCOLATA DESFETA, ETC.

ELS MILLORS XURROS DEL POBLE!

Això de «els millors xurros del poble» era una broma, perquè en Kenta seria l'únic xurrer de Collpelat.

En Kenta, quan s'assabentà de la resolució del seu cas, va abraçar, plorant, un a un, tots els de la colla, i els va prometre que, quan posés la xurreria, els primers xurros serien per a ells. I ho va complir: a dos quarts de nou del matí d'aquell darrer diumenge d'agost, en Kenta oferia una xocolatada amb xurros als seus amics.

Abans de les vuit, la nova xurreria era ben plena. Hi era tothom, fins el Pep Tronat, en Casi i la Sussi. I, naturalment, tampoc no hi mancava el Cuca, a qui en Kenta vigilava contínuament, amb cara de desconfiat, per por que no li embrutés el local.

A la petita xurreria d'en Kenta, aquell matí, tothom treballava de valent. Tothom, menys en Casi. En Casi s'havia instal·lat des del primer moment, radiant d'alegria, a la llarga taula feta amb taulons —que omplia més de la meitat del local— i no parava de cridar:

—On són aquests xurros? Tinc gana!

—De seguida estaran fets, Casi! No t'impacientis! —deia en Kenta, somrient, feliç.

El xicot negre, ajudat per en Càndid, feia la pasta dels xurros; la Rocío i en Cili, en un fogó que havia dut la noia i una gran olla que havia portat el noi, la xocolata.

La Teresa i en Dídac eren els encarregats de fregir els xurros. La noia feia anar la maquineta que treia la pasta i en Dídac l'havia de tallar, amb unes tisores grosses, abans que caigués a l'oli bullent. El primer intent fou un fracàs: en Dídac es va fer un embolic amb les tisores i, quan aconseguí tallar la pasta, va caure a la caldera un xurro de gairebé mig metre.

—Cap d'ós! —cridà la Teresa—. Talla més de pressa!

—És que aquestes tisores s'encallen! —es defensà el noi.

—Tu sí que t'encalles, borinot!

En Kenta va deixar la pasta i va anar a posar pau:

—Què és el que passa? —preguntà amb paciència.

—Aquest beneit, que ha tallat un xurro de dos quilòmetres! —va cridar la noia.

—És que aquestes tisores s'encallen! —insistí en Dídac.

—Tingues paciència, Teresa —va dir en Kenta—. Això de tallar xurros no és bufar i fer ampolles.

—Veus? –digué en Dídac a la noia.

Aleshores, en Kenta ensenyà a en Dídac la tècnica de la tallamenta de xurros, i aviat tot va anar sobre rodes, com se sol dir.

Al costat de la porta del local, en Pep Tronat escrivia, amb un pinzell, sobre una pissarra, els preus de la mercaderia, mentre en Toni el mirava fer amb posat crític.

—Aquest set t'ha sortit guerxo, Pep!

—Estàs tronat, Toni!

—Jo puc estar tronat, però el set t'ha sortit guerxo!

Mentrestant, la Sussi i la Ramoneta paraven taula.

—Casi, si et plau, alça els colzes de la taula, perquè pugui posar les tovalles —li va dir la Sussi.

—Tinc gana, jo! Vull xurros! —va cridar en Casi, més content que un gínjol.

—Doncs, mira, noi, qui no treballa no menja! —va dir la Sussi—. Així que ja t'estàs aixecant i m'ajudes a portar els plats i les xicres...

En Casi s'alçà i es disposà a complir les ordres de l'encarregada de parar taula, mentre la Ramoneta es queixava:

—Si t'ajuda en Casi, jo què faig, eh?

—Vés a fer xurros! —li va respondree l'altra noia—. Sempre és més divertit!

La Ramoneta, aleshores, es va dirigir cap on eren els fregidors de xurros. En aquell moment, la combinació Teresa-Dídac funcionava de primera: cop de maneta de l'aparell de la Teresa, i zas, zas, zas!, tallada de xurros d'en Dídac, i els xurros cap a la fregidora.

Però quan es presentà la Ramoneta, en Dídac va perdre el ritme i començà a fer disbarats.

—Noia, toca el dos! —va cridar la Teresa—. Aquest cap d'ós, només de veure't, ja no sap el que talla!

La Ramoneta, vermella com un perdigot i un xic enfadada, va protestar:

—Doncs, llavors, què faig, jo, eh?

En Càndid, en sentir-la, la cridà:

—Vine, noia, que m'ajudaràs a fer la pasta... Així, en Kenta podrà descansar una estona.

—Ai, gràcies, Càndid, ets un bon xicot! —va fer la noia, contenta.

—Au vinga! —va dir en Càndid—. Agafa el setrill i mentre jo pasto, tu vas tirant l'oli sobre la pasta, a poc a poc.

Mentrestant, els de la xocolata anaven fent. En Cili i la Rocío s'anaven turnant en l'afer de la remenamenta. Ara qui remenava era la noia.

—Remena, nena, remena! —l'animava en Cili.

—Ara et toca a tu, Cili! —va dir la Rocío—. Jo ja no em sento el braç!

—Perquè remenes com si fossis un ventilador, noia! —comentà en Cili—. S'ha de remenar així, veus, seguit, però a poc a poquet!

—Ho fas molt bé, noi! —va dir, rient, la Rocío—. Per mi, ja pots remenar fins al final!

—No, maca, no! —protestà el noi—. Havíem quedat que remenaríem cincs minuts cada un!

Uns minuts més tard, tot estava a punt: la taula parada, els xurros y la xocolata fets i els convidats asseguts a taula.

Mentre en Cili i la Rocío omplien les xicres de xocolata, en Dídac i la Teresa servien els xurros.

—Visca, visca! —van cridar tots.

—Tinc gana! Vull xurros! —cridà en Casi.

La Teresa, amb unes pinces grosses, va agafar el xurro quilomètric i el va deixar al plat d'en Casi, mentre deia:

—Té, Casi, per a tu, el més llarg de tots! En Dídac l'ha fet especialment per a tu!

El segon xurro fou per al Cuca. Però el gos el va ensumar una estona i després el deixà de banda.

—Que és brètol, aquest gos! —va exclamar en Pau—. Mira que no agradar-li els xurros!

—Un moment! —exclamà llavors en Kenta.

I va anar a buscar un paquetet. Era un os molt gros amb una mica de carn!

—Per al Cuca! —exclamà el xicot—. Ell també té tot el dret de celebrar l'esdeveniment!

—¡Visca, visca! —tornaren a cridar tots.

El Cuca, tot cofoi, va agafar l'os amb les dents i se'n va anar a un racó, més content que un gos amb un os... és clar!

Quan els entaulats van haver escurat l'olla de la xocolata i la plata dels xurros, en Cili es va alçar mentre deia:

—Ara, una sorpresa per a tots, especialment per al nou xurrer del poble!

I de seguida va deixar sobre la taula un gros pastís.

—Una especialitat meva: xocolata nevada!

Els altres llançaren un altre «visca!»...

La Rocío es va mirar el pastís, amb no gaire confiança, i va preguntar a en Cili:

—Ei, tu, això es menja?

En Cili, tot ofès, va respondre:

—Si no vols tastar-lo, ja et portaré un os, com al Cuca!

—Era broma, noi! —va dir llavor la Rocío rient i disposant-se a tallar el pastís.

La veritat és que el pastís va tenir molt d'èxit: al cap de tres minuts justos no se'n veien ni les engrunes.

—Nois, que Déu us conservi la gana! —comentà en Kenta.

—Però que no ens l'augmenti! —acabà la dita en Cili—, com diu la meva àvia carnissera!

Quan tothom va estar més o menys tip... i s'havien aca-

XURRERIA
WEM
30

bat tot allò que podia ser cruspit, en Kenta s'alçà disposat a fer un petit discurs:

—Jo no en sé gaire, de parlar... —començà dient el xicot.

—Molt bé! —van fer els altres, amb grans aplaudiments.

—...solament us puc dir una cosa —va continuar el noi—: Allà on sigueu i per tots els anys que visqueu, tots vosaltres tindreu en mi, sempre, un amic i una ajuda!

—Molt bé! —tornaren a cridar els altres.

—I ara, amics —va tornar a parlar en Kenta—, us vull descobrir el secret del nom de la meva xurreria. El nom de Wema és el de la meva promesa! La Wema viu al meu país, però no per gaire temps. El senyor Bofill, de la Pro Tercer Món, m'ha promès que molt aviat me l'enviarà!

—Visca! Enhorabona! Felicitats! T'ho portaves molt amagat, Kenta! Aviat tindrem una xurrereta! —van exclamar els altres.

En aquell moment, en Kenta es fixà en el Cuca: el gos remenava la cua i feia gestos amb el cap.

—Què li passa al Cuca? —va comentar.

—Té una necessitat, Kenta! —aclarí en Càndid.

El xicot s'alçà més de pressa que corrents a portar el Cuca al petit pati que hi havia darrere la botiga.

En Pau, que seia al costat d'en Càndid, preguntà a aquest:

—I tu com ho saps, això?

—Molt senzill! —replicà en Càndid—, quan un gos remena el cap i la cua al mateix temps i grinyola una mica, ja pots estar segur del que el neguiteja...

En Pau restà tot admirat.

—I per què no s'ha embrutat aquí mateix? —preguntà llavors el noi.

—Encara més senzill! —explicà en Càndid—. Perquè he ensenyat al Cuca que, quan és a una casa, no s'hi pot embrutar!

En Pau es quedà amb la boca oberta...

—Noi —va dir—, m'hauràs de donar lliçons en això d'entendre els quissos!

—Quan vulguis, home, quan vulguis! —va fer l'altre.

Però ja la festa havia d'acabar: eren les nou i algun impacient, o impacienta, ja trucava a la porta ondulada de ferro de la botiga.

—Ja va, ja va! —féu en Kenta, que ja havia tornat del pati.

I tot content, l'home es va posar un ample davantal blanc i un d'aquells barrets tan alts també blanc...

—Alça, Kenta, quin goig que fas! —va comentar la Rocío.

Llavors, en Kenta, tot content, va anar a apujar la porta. A fora, una dotzena de persones feien cua.

—No us impacienteu! —cridà, alegrement—. Els xurros estaran llestos de seguida!

25
EL PARTIT DEL SEGLE

El segon diumenge de setembre és la festa major de Collpelat. Enguany, la festa ha estat molt lluïda: concerts, serenata davant de la Casa de la Vila, sardanes, balls, bastoners, castellers, cercaviles amb gegants i capgrossos, cinema al Modern, i també al carrer, teatre... hi ha hagut de tot. Ah, també s'inaugurà el pi de la plaça del Pi. Però, per a molts collpelatencs, el plat fort de la festa major fou el partit de futbol.

Diumenge, a les 4 de la tarda
PARTIT DE FESTA MAJOR.

Es disputarà una Gran Copa
donada pel nostre Excm. Ajuntament
entre els equips:

F. C. MANRESÀ - C. E. COLLPELATENCA

Tots els collpelatencs i collpelatenques
hem d'anar com un sol home o dona
al camp de la Costeta,
a animar el nostre equip!

ARA O MAI!

Això d'«ara o mai» volia dir, és clar, que aquella era la gran ocasió, per a la C. E. Collpelatenca, de guanyar el Manresà per primera vegada, d'ençà que s'inventà el futbol.

En què es fonamentaven les esperances dels collpelatencs de guanyar l'equip de Manresa? Molt senzill, en el fet que, per darrera vegada, el Teia s'alinearia amb l'equip del poble i que aquest comptaria, a més, amb una nova *vedette* de la bimba: en Kenta, que s'estrenaria en aquell partit.

El Viseres, al llarg de la setmana, no es cansava de dir, al cafè Teia:

—Diumenge que ve, passarem per la pedra el Manresà. Amb el noi Teia i en Kenta servint pilotes i en Cintet i en Juliet de puntes... res, els manresans no hi tenen res a pelar!

Això mateix, o coses semblants, deien molts collpelatencs. Com en Pau:

—Nois, diumenge vinent, els del Manresà se n'enduran un cabasset! Sis a zero! No ens hem de conformar amb menys!

La Teresa, més realista, deia:

—Jo, amb un u a zero, al darrer minut i de penal, com se sol dir, ja m'hi conformo...

—Tu no hi entens! —replicà en Pau—. Un cabasset, els en farem! Sis a zero!

—Què sis a zero! —intervingué, llavors, en Dídac—. Dotze a zero!

—Alça, exagerat! —van fer alguns.

—I si perdem? —preguntà la Ramoneta, amb cara d'innocent.

—Quins disbarats dius, tu, ara! —va fer en Pau, tot escandalitzat.

—Ets una traïdora! —féu, al seu torn, en Dídac.

—Noia, tens unes coses! —digué la Teresa.

El diumenge a la tarda, el camp de la Costeta era ple de gom a gom. Es pot dir que hi havia tot el poble... Bé, moltes dones, les criatures de menys de sis anys, alguns que patien del cor i altra gent que, encara que semblés mentida, no els agradava el futbol, no hi eren, al camp de la Costeta.

En sortir els equips al camp hi va haver una gran cridòria i grans aplaudiments per a l'equip de casa, com sempre; i una gran cridòria i una gran xiulada per a l'equip foraster, també com sempre. La sortida dels tres de dol va ser rebuda més aviat amb indiferència.

L'àrbitre del partit cridà els dos capitans: el noi Teia i el porter del Manresà. Tots dos es van mig abraçar, fent veure que s'estimaven molt.

Quan s'anava a centrar la pilota, al camp hi va haver un gran silenci. Tothom era conscient del que allí es jugava. Només se sentien els lladrucs del Cuca: per a ell, aquell, era un partit com qualsevol altre. El Viseres, per si de cas, però, havia lligat el gos al banc dels suplents.

Tot al llarg de la primera part no hi va haver color. Els teva-meva del Teia i en Kenta sembraven el pànic entre els jugadors manresans. Als deu minuts, en un atac dels davanters manresans, un dels bessons caçà la pilota, la passà a en Batista, aquest la va rebre, amorosament, amb el peu dret i, sense pensar-s'ho gens, la passà avançada a en Kenta; aquest va córrer com un llamp, driblà tres contraris, es plantà davant del porter manresà, aquest sortí a la desesperada i, aleshores, en Kenta va endarrerir la bimba als peus d'en Cintet que li clavà una castanya del tot innecessària, perquè la porteria contrària era ben buida...

1 a 0!

El deliri! Els collpelatencs s'abraçaven i cridaven:

—Ja són nostres!

Mentre que en Pau exclamava:

—Un cabasset! Se n'enduran un cabasset!

Els jugadors manresans semblava que s'espavilessin una mica, però l'Ibàñez ho parava tot.

Semblava que la primera part acabaria amb aquest resultat, tot i que els davanters collpelatencs atacaven la porteria manresana com si fossin el Setè de Cavalleria. Però, no: a tres minuts del final, el noi Teia va rebre una pilota; voltat de manresans, el xicot començà a fer malabarismes amb la bimba, i quan menys s'ho pensaven els contraris, la llançà cap a la banda esquerra. En Juliet arrencà a córrer a la recerca de la bimba i, en lloc d'internar-se, clavà una fava a la pilota des de fora de l'àrea que el porter contrari encara la busca ara...

2-0!

A la mitja part, tot era eufòria. El Merma, l'encarregat del bar, amb quatre ajudants, no dava l'abast servint begudes. L'home era feliç. Sabia, per experiència, que quan l'equip guanyava, ell també hi guanyava. Aquell dia va omplir el calaix.

Els comentaris de la gent eren unànimes: «res, aquesta vegada, sí». Els manresans ja eren al pot!

Però, la segona part no començà gaire bé per a l'equip de casa. Més ben dit, no començà gens bé!

Els jugadors del Manresà eren gent experimentada i tots ells bons dominadors de la bimba. Només de sortir al camp, dos dels seus jugadors s'enganxaren a en Kenta i al noi Teia, aquests dos van començar a posar-se nerviosos i la resta de l'equip collpelatenc va començar a veure-la quadrada. Als tres minuts, els manresans botaven un còrner i el davanter centre, amb un bon cop de cap, clavava la pilota a la xarxa, just al cantó contrari d'on era situat l'Ibàñez.

2-1!

El gol dels forasters va caure sobre els collpelatencs com una galleda d'aigua freda.

Però, la cosa no acabà aquí. La cosa va continuar.

Els manresans, amb el noi Teia i en Kenta gairebé desarticulats, sempre amb un o dos contraris a sobre, llançaven contínuament atacs contra la barraca de l'Ibàñez. I en un d'aquests atacs, al minut vint-i-dos, va venir la desgràcia.

Fou una gran jugada de l'extrem dret manresà, que se'n va anar com una fletxa cap a la porteria collpelatenca, deixant enrere tres o quatre jugadors dels de casa, driblà l'Ibàñez i entrà ell i bimba a la porteria...

2-2!

Aquesta vegada, la galleda d'aigua sobre els collpelatencs no fou freda, fou gelada!

Els minuts s'escolaven i el resultat no es movia, malgrat els esforços d'uns i altres.

Hi va haver alguns incidents. En una ocasió, un jugador manresà llançà un xut... i «afaità» una noia que assistia al partit en companyia del seu promès. Tot plegat, res, un ensurt i una mica de nyanyo al front de la noia. Però el promès volia trencar la cara al xutador i el van haver de calmar entre uns quants.

Després hi va haver un altre mullader. Un dels Llofriu va fer la llesca a un davanter contrari; l'àrbitre va treure una targeta groga... i l'ensenyà a l'altre bessó! El Llofriu innocent s'enfadà com una mona i de poc que no li treuen la vermella. Sort que en Batista s'apressà a explicar l'error a l'àrbitre. Resultat: una targeta groga per a cada bessó: una per la llesca i l'altra per les males maneres.

Mancaven cinc minuts per acabar el partit. Els espectadors tenien tots el cor encongit. Un empat volia dir que la copa aniria a parar, novament, a les vitrines del F. C. Manresà.

I en aquest moment es produí el miracle.

L'extrem dret collpelatenc —un juvenil que li dien Tiriti— bombejà la pilota sobre la porteria manresana, una mica a la babalà, un defensa intentà de xutar i li sortí un ciri, en Cintet que s'hi fica esperant que la pilota baixi del cel, un altre defensa que, en baixar la bimba, la toca i li surt un misto. Llavors la pilota fa un moviment estrany i va a parar a uns metres fora de l'àrea manresana. I en aquell moment precís, en Kenta, que venia embalat, enganxà un cacau dels que n'entren pocs en una dotzena!

3-2!

El camp era un clam! La victòria de la C. E. Collpelatenca era a l'abast, a tocar!

Foren uns cinc minuts llarguíssims! Els davanters manresans engegaren les tàctiques a passeig i es llançaven amb fúria sobre la porteria collpelatenca. Però, en Pena —el central— i els Llofriu —que semblava que n'hi hagués mitja dotzena— ho treien tot.

I va venir el desastre.

Just quan mancaven uns segons per acabar el partit, l'extrem manresà, el del primer gol, arrencà per la seva banda, s'endinsà a l'àrea contrària, l'Ibàñez sortí per salvar el que semblava insalvable, el noi manresà elevà la bimba per sobre del porter... i quan la pilota anava a entrar, un dels Llofriu, amb el puny, la rebutjà a còrner... Penal!

Un gran silenci es va fer al camp de la Costeta. Silenci trencat pels lladrucs del Cuca —que semblava no estar conforme amb el penal— i els crits d'en Pau —que tampoc no hi estava:

—Trampós! No és penal! L'ha treta amb el cap!

—Home, Pau! —va dir la Teresa, més assenyada que el noi—. Però si ha estat un penal com un piano!

Mentre l'extrem dret manresà col·locava la pilota, el silenci al camp es va fer més dens. Tothom callava, fins i tot en Pau, i el Cuca, davant del desastre imminent. Mentre el noi manresà es disposava a foradar la barraca de l'Ibàñez, aquest, mig ajupit, amb les mans sobre els genolls, intentava esbrinar per on li llançaria la bimba el contrari.

En aquell moment, en Cili —que estava groc d'angúnia— va dir a en Càndid, a cau d'orella:

3 2
CBC F.C.M.

SOK
C.E.C
C.E.C.
C.E.C

—Càndid, si et plau!

—No, Cili! —va dir l'altre, amb veu baixa—. Això no estaria bé!

—Va, Càndid! Aquesta vegada i prou!

En Càndid semblava que s'estovava, però va dir, encara:

—No!

En Cili va tancar els ulls. No volia veure la desgràcia. Però de seguida els obrí en sentir el crit d'alegria que s'alçà a l'entorn del camp. El noi manresà havia fallat el tret! La pilota havia sortit fora, fregant el travesser.

Al cap d'uns segons «el partit del segle» acabava amb el resultat, de tots conegut, de 3-2, a favor de la C. E. Collpelatenca.

Visca, visca! La C. E. Collpelatenca, per primera vegada —i aneu a saber si també potser és la darrera— havia vençut el Manresà!

En Cili abraçà en Càndid, mentre li deia, emocionat:

—Gràcies, Càndid!

26
LA CINQUENA GRÀCIA DE COLLPELAT

Aquell diumenge a la tarda, després del partit, els carrers de Collpelat eren plens de gent: els uns s'adreçaven al ball o al cinema, els petits es dirigien cap a l'esplanada de davant dels Jardins de la Biblioteca, on hi havia instal·lats cavallets, autos de xoc, parades... D'altra gent, senzillament, passejava.

Al cafè de cal Teia hi havia festa grossa: se celebrava la victòria entre crits i discursos. Els del club collpelatenc havien convidat els jugadors manresans i allò es convertí en un acte de germanor manresano-collpelatenca. Perquè l'equip de casa havia guanyat, és clar, que si no...

Aquella festa major seria recordada durant molts anys. I no solament perquè fou molt lluïda. També seria recordada com la festa major en què es va guanyar aquella preuada copa que ara feia goig de veure a la vitrina del local social, entre altres copes molt més xiques.

Però diuen que tot acaba en aquest món. I després d'aquell diumente, va venir dilluns, darrer dia de la festa major. El dilluns al vespre, al camp de futbol, tot Collpelat en pes assistí als focs artificials —fent «Aaaahs» i «Ooohs»— amb els quals s'acomiadava la festa major de l'any.

* * *

El dimarts al matí, al poble tot era silenci. Només hi havia algun soroll i alguna remor a la plaça dels Arbres. El senyor Roure, el ferrer, feia els seus tinc-toncs, la senyora Brígida, l'àvia carnissera d'en Cili, reia que dava gust, se sentia el zuuum de la serra mecànica de cal Bisbe, el fuster. En canvi, no se sentia cantar la Paulina: ella i el seu marit eren a Mallorca de vacances.

En el banc de sempre, els vells criticaven la festa major que acabava de finir. «Per a festes majors —deien— les del seu temps.» És clar, llavors ells eren joves!

Mentre els vells feien petar la xerrada, dos noiets passejaven per la plaça, caminant a poc a poc. Eren en Cili i en Càndid. La resta de la colla semblava que s'havia fos. Potser encara dormien, aquells, cansats per les emocions d'aquella festa major.

Els dos xicots parlaven dels darrers fets: d'en Kenta i de l'home misteriós, de la visita a la Pro Tercer Mon... I també parlaren del «partit del segle», és clar.

En Cili sentia un rau-rau, que el feia estar molt neguitós.

—Saps, Càndid? —va dir el noi—. Va ser una llàstima aquell penal. I també la teva intervenció.

—Me'n fas retret? —preguntà l'altre.

—No, no! —s'apressà a dir en Cili—. Solament que hauria estat tan bonic que la Collpelatenca hagués guanyat de bona llei...

—I guanyà de bona llei, Cili, en pots estar ben segur! —fou la sorprenent declaració d'en Càndid.

—Vols dir que... —va fer en Cili, obrint molt els ulls.

—Sí, Cili. Jo no vaig intervenir per a res en la fallada d'aquell penal. El xicot devia estar molt nerviós, i mira, errà el tret! —i afegí, tot passant un braç per l'espatlla del seu amic—: No ho podia fer, Cili! No hauria estat just!

En Cili va fer que sí amb el cap.

—Tens molta raó, noi —va dir—. I jo vaig ser un ruc de

demanar-t'ho. Si sabessis com he patit, d'ençà de l'acabament del partit!

—Et crec! —va dir, somrient, en Càndid.

Els nois, tot passejant, van arribar davant de l'església. De sobte, en Cili s'aturà i va dir a en Càndid, una mica sorneguerament:

—De tota manera, Càndid, em deus un «miracle». Ja que no vas intervenir en allò del penal...

—Ja et vaig dir que no t'hi acostumessis, Cili! —protestà l'altre, una mica amb to de reny, però somrient.

—Va, Càndid... Una darrera vegada!

En aquell moment, en Tomeu, el campaner, passava davant d'ells dirigint-se cap a la porta del campanar. En Càndid mirà l'home i tot seguit va dir a en Cili:

—D'acord, Cili! Però, no t'hi acostumis, eh!

El noi es concentrà. Però no va passar res.

—Bé, què? —féu en Cili.

Llavors en Càndid alçà el cap i amb un dit assenyalà la part de dalt del campanar.

—Escolta, Cili, aquest concert!

Immediatament, se sentí un repicar de campanes com mai no s'havia sentit al poble.

Els vells del banc es van aixecar d'un bot.

—Aquest Tomeu està ben guillat! —va dir un d'ells.

La senyora Brígida i les dones que en aquell moment eren a la seva botiga sortiren al carrer; com també ho van fer en Míliu i el seu pare, els del cafè Esport; i també molta altre gent sortí als balcons...

—Però, què és aquest escàndol?

—Que hi ha foc?

—Què és aquest repic?

—Què li passa a en Tomeu?

El mossèn va sortir de l'església tot esverat.

—Reina Santíssima! Però, què toca aquest sant baró! —i

dirigint-se a la seva majordoma, que estava asseguda, com sempre, a l'entrada de l'església, tot fent mitja, preguntà:

—Ho sabeu, vós, Pepeta, què toca aquest tocacampanes?

—Si vós no ho sabeu, mossèn, què voleu que sàpiga, jo, pobra de mi! —fou la resposta de la vella.

De sobte, les campanes van callar en sec.

En Cili i en Càndid, agafats per les espatlles, es dirigiren cap als Jardins de la Biblioteca. Potser allí trobarien algú de la colla.

Quan en Tomeu passà davant del banc dels vells, un d'aquests va preguntar:

—Què celebrem, avui, Tomeu?

—No ho sé pas! —va respondre el campaner, de mal humor—. No ho entenc! No ho entenc! No m'havia passat mai!

I l'home se n'anà cap a casa, tot preocupat.

Ningú no s'explica el cas... És clar, ells no ho sabien. Després de la piscina, dels Jardins de la Biblioteca, de l'equip de futbol i d'en Cili, ara, Collpelat tenia la seva cinquena gràcia.

Però, això, només ho sabia en Cili.

TAXIS
BAR ESPORT
CAFÈ

PARLEM D'AQUEST LLIBRE

Vet aquí un llibre de colles. La cinquena gràcia de Collpelat *és un llibre de colles perquè els protagonistes són un grup de nois i noies, que, com has pogut llegir, fan i desfan al seu poble de la comarca del Bages. Perquè de segur que deus haver descobert que Collpelat és el nom inventat que Sebastià Sorribas ha donat a una vila de prop de Manresa.*

Això de batejar amb un nom inventat un poble que existeix de debò és una cosa que s'ha fet moltes vegades; els escriptors ho solen fer quan volen que el seu relat retrati un poble però alhora no se situï en un lloc massa concret, per donar entenent que, de fet, allò que estan explicant pot passar a qualsevol banda. I també perquè d'aquesta manera poden modificar tot allò que els sembla a fi d'aconseguir de portar la seva narració cap allà on la volen conduir. Més encara, quan es tracta d'un poble petit, tothom es coneix, tothom sap que allà hi viuen unes determinades persones amb noms i cognoms concrets. Si al poble se li canvia el nom, l'autor té la plena llibertat d'inventar-se qualsevol personatge sense que ningú se'n pugui queixar ni poc ni gaire.

I ara parlem dels temes del llibre que acabes de llegir. Ja ho has vist, aquí el primer gran problema és l'equip de futbol, que perd la seva estrella i tots es pensen que això significarà el fracàs a la temporada vinent. Però no tot s'acaba en el futbol, també a Collpelat hi ha un altre problema... i molt més greu: el d'en Kenta. I també hi ha un ingredient literari, que no és cap problema però que dóna joc a la narració: la cinquena gràcia, la facultat extraordinària d'en Càndid.

Sobre el problema de l'equip de futbol, poca cosa s'ha de dir. Només et proposem que recordis el que has llegit: en un poble les coses es fan importants perquè els nois i les noies coneixen perfectament totes les coses que hi passen i coneixen totes les persones que les protagonitzen: hi han parlat moltes vegades, les han admirades i, per tant, estimen tot allò que poden representar. Perquè el cas és que l'equip representa el poble en el terreny de l'esport. I, és clar, els de la colla d'en Cili volen que el seu sigui el millor.

Molt més delicat és el problema d'en Kenta. Com deus saber, a Catalunya han vingut darrerament molts africans, de raça negra, en cerca d'un lloc de treball; han hagut de marxar de la seva terra, no pas per gust, sinó per necessitat. I aquí se'ls ha rebut amb un recel considerable, o amb menyspreu, o, senzillament, hi ha qui se n'ha aprofitat i se n'aprofita fent-los treballar hores i hores per un sou escarransit. I és que, moltes vegades, els nouvinguts es veuen en la impossibilitat de tenir els documents perfectament legalitzats i això fa que alguns desaprensius practiquin amb ells xantatges tan reprovables com el que explica el llibre. Potser és hora de començar a pensar si el racisme no ha arribat ja a casa nostra...

Finalment parlem de la cinquena gràcia de Collpelat. En Càndid posseeix l'únic element fantàstic en un llibre perfectament realista. És a dir: tot en aquest llibre és perfectament possible, tot llevat de la facultat extraordinària d'en Càndid. I és aquest element allò que diferencia més que res aquesta novel·la de colles de les novel·les típiques de colles, on tots els elements que hi juguen són de caire realista. Per cert, que d'aquestes novel·les de colles de tipus clàssic, Sebastià Sorribas mateix va escriure, divuit anys abans de la que ara has llegit, la més famosa de totes les que mai s'han escrit en català: El zoo d'en Pitus, *un veritable clàssic que tot i els anys que han passat gaudeix d'un prestigi creixent.*

ÍNDEX

1. Collpelat 7
2. La primera gràcia de Collpelat: els Jardins de la Biblioteca 11
3. La segona gràcia de Collpelat: la piscina 14
4. La tercera gràcia de Collpelat: l'equip de futbol 16
5. La darrera gràcia de Collpelat 21
6. En Cili 22
7. La família d'en Cili 26
8. La colla d'en Cili 31
9. El Cuca 37
10. El nouvingut 42
11. En Cili té un pla 49
12. En Càndid ja té casa 53
13. Un més a la colla 57
14. Una mala notícia 61
15. No hi ha res a fer! 68
16. A la recerca d'un nou Teia 74
17. En Kenta 81
18. L'home de la maleta negra 88
19. A la «bassa», hi passen moltes coses 95
20. El secret d'en Kenta 102
21. Qui ets tu? 109
22. El misteri continua 117
23. Una visita a la Pro Tercer Món 123
24. «Xurreria Wema» 131
25. El partit del segle 140
26. La cinquena gràcia de Collpelat 149

Parlem d'aquest llibre 155

Sebastià Sorribas

(Barcelona, 1928)

Va entrar amb molta empenta al món del llibre infantil i juvenil amb la seva primera obra, El zoo d'en Pitus, *que va obtenir el premi «Josep M. Folch i Torres» de l'any 1965 i va ser la novel·la que va començar, l'any següent, la col·lecció «Els grumets de La Galera».*

L'èxit dels seus llibres s'ha d'atribuir al coneixement que Sorribas té dels nois i noies, obtingut, segurament, d'haver viscut intensament una infància molt lliure en dos ambients ben diferents: el poble de Sallent, i el seu barri humil, a Barcelona; a més d'haver llegit molt. Ja de gran, s'ha dedicat durant anys a fer de monitor per diferents barris de la seva ciutat i a la seva feina de mestre.

A més del «Josep M. Folch i Torres», Sebastià Sorribas ha rebut el premi de la Generalitat de Catalunya i el de la crítica de «Serra d'Or».

Obres de **Sebastià Sorribas** *publicades a La Galera:*

El zoo d'en Pitus
Viatge al país dels lacets
Festival al barri d'en Pitus
Els astronautes del «Mussol»
La cinquena gràcia de Collpelat
En Peret de Barcelona i la Mercè de Collpelat
La Vall del Paradís

ELS GRUMETS DE LA GALERA

Últimes obres publicades

M. Dolors Alibés i Riera: *Màquines d'empaquetar fum i altres invents* *
Joan Barceló i Cullerés: *Estimada gallina* * * *
M. Àngels Bogunyà: *Cau i foguera* * * *
Premi Guillem Cifre de Colonya, 1988
Mercè Canela Garayoa: *L'escarabat verd* * *
Premi Folch i Torres, 1976
Joaquim Carbó: *La colla dels deu* * *
Joaquim Carbó: *Corre, Isabel, corre* * * *
M. Àngels Gardella i Quer: *En Gilbert i les línies* * *
Premi Folch i Torres, 1983
Llista d'Honor de l'I.B.B.Y., Tokyo, 1986
Gabriel Janer Manila: *Tot quant veus és el mar* * *
Premi de Literatura Juvenil, Generalitat de Catalunya, 1987
Premi Nacional de Literatura Infantil i Juvenil, Ministeri de Cultura, 1988
Empar de Lanuza: *El savi rei boig i altres contes* *
Premi Folch i Torres, 1978
Premi de la C.C.E.I., 1980
Renada Mathieu: *El fugitiu de Queragut* * *
Daniel Palomeras: *El secret del comte* * *
Premi Folch i Torres, 1988
Eusèbia Rayó: *Escac a la princesa* * *
Pere Rosselló Bover: *Les aventures d'en Tres i mig* *
Premi Guillem Cifre de Colonya, 1988
M. Lluïsa Solà: *Anna* * *
Premi Folch i Torres, 1972
Sebastià Sorribas: *Els astronautes del «Mussol»* * * *
Premi de la C.C.E.I., 1973
Sebastià Sorribas: *La cinquena gràcia de Collpelat* * *
Premi de Literatura Infantil, Generalitat de Catalunya, 1983
Premi Crítica «Serra d'Or», 1984
Sebastià Sorribas: *Viatge al país del lacets* *
Sebastià Sorribas: *El zoo d'en Pitus* *
Premi Folch i Torres, 1965
Àlvar Valls: *El missatge del cavaller de l'àguila rampant* * *
Josep Vallverdú: *El fill de la pluja d'or* * * *
Josep Vallverdú: *L'home dels gats* * *
Josep Vallverdú: *En Roc drapaire* * *
Premi Folch i Torres, 1970
Josep Vallverdú: *Rovelló* * *
Premi Folch i Torres, 1968
Premi de la C.C.E.I., 1970
Oriol Vergés: *Un català a la manigua* * * *
Oriol Vergés: *La ciutat sense muralles* * * *
Premi Folch i Torres, 1977
Llibre d'interès infantil, Ministeri de Cultura, 1978
Oriol Vergés: *La noia del timbal* * * *

* lectors a partir de 9 anys * * lectors a partir de 10 anys * * * lectors a partir de 12 anys

ELS GRUMETS DE MAR ENLLÀ

Últimes obres publicades

L. Frank Baum: *El màgic d'Oz* * *
Andrew Davies: *Les fantàstiques proeses del Dr. Boox* *
Madeleine Edmondson: *Anna Bruixa* *
Pierre Gamarra: *S'han menjat l'alfabet!* *
Margaret Greaves: *Carles, Emma i Alberic* *
Claude Gutman: *El Pelut, el pare, ella i jo* * *
Premi Bernard Versele, 1985
Llista d'Honor de l'I.B.B.Y., Tokyo, 1986
Felice Holman: *Els infants salvatges* * * *
Huynh Quang Nhuong: *El país que jo he perdut* * * *
Gene Kemp: *Un tercer trimestre turbulent* * * *
Guus Kuijer: *Un forat a la frontera* * * *
Othmar Franz Lang: *Encara queden fantasmes* * *
Othmar Franz Lang: *Quiròpters com vampirs* * *
Boy Lornsen: *A bord de la «Pacífica Jenny»* *
Alberto Manzi: *Orzowei* * * *
Premi Firenze, 1964
Premi Andersen, 1966
Susie Morgenstern: *No hi ha dret!* *
Grand Prix du Livre pour la Jeunesse, 1981
Scott O'Dell: *L'illa dels Dofins Blaus* * * *
Premi «John Newbery Medal», 1961
Llista d'Honor del Premi Andersen, 1961
Premi Internacional del Consell del Llibre Juvenil Alemany, 1961
Scott O'Dell: *La perla negra* * * *
«Newbery Honor Book», 1967
Anne Pierjean: *Paul i Louise* * * *
Raymond Plante: *El rècord d'en Philibert Dupont* *
Benno Pludra: *El cor del pirata* * *
Premi del Llibre Juvenil Alemany, 1986
Gianni Rodari: *Atalanta* * *
Gianni Rodari: *La Fletxa Blava* *
Gianni Rodari: *Gelsomino al país dels mentiders* * *
Gianni Rodari: *La gòndola fantasma* * *
Gianni Rodari: *El llibre dels perquè* * *
Gianni Rodari: *El pastís caigut del cel* *
Edith Schreiber-Wicke: *Hola, em dic Mulp!* *
Sempé i Goscinny: *El petit Nicolas i els companys* * *
Sempé i Goscinny: *Els «patis» del petit Nicolas* * *
Sempé i Goscinny: *El petit Nicolas* * *
Sempé i Goscinny: *El petit Nicolas i els problemes d'en Joachim* * *
Sempé i Goscinny: *Les vacances del petit Nicolas* * *
Colin Thiele: *Pinquo* * *
Maryse Wolinski: *Les bruixes del Boscbonic* * *

* lectors a partir de 9 anys * * lectors a partir de 10 anys * * * lectors a partir de 12 anys